DÉLIT DE FUITE

Catalogage avant publication de Bibliothèque et Archives nationales du Québec et Bibliothèque et Archives Canada

McClintock, Norah

[Hit and run. Français]

Délit de fuite

(Collection Atout; 118. Policier)
Traduction de : Hit and run.
Pour les jeunes de 12 ans et plus.

ISBN 978-2-89428-976-1

I. Vivier, Claudine. II. Titre. III. Titre: Hit and run. Français.
IV. Collection: Atout; 118. V. Collection: Atout. Policier.

PS8575.C62H5814 2007   jC813'.54   C2007-940869-9
PS9575.C62H5814 2007

La traduction de cet ouvrage a été rendue possible grâce à une aide financière du Conseil des Arts du Canada et ministère du Patrimoine canadien par l'entremise du Programme d'aide au développement de l'industrie de l'édition.

Les Éditions Hurtubise HMH bénéficient du soutien financier des institutions suivantes pour leurs activités d'édition :

– Conseil des Arts du Canada;
– Gouvernement du Canada par l'entremise du Programme d'aide au développement de l'industrie de l'édition (PADIÉ);
– Société de développement des entreprises culturelles du Québec (SODEC);
– Gouvernement du Québec par l'entremise du programme de crédit d'impôt pour l'édition de livres.

Éditrice jeunesse: Nathalie Savaria
Conception graphique: Mance Lanctôt
Illustration de la couverture: Éric Robillard, Kinos
Mise en page: Martel en-tête

Traduction de *Hit and Run*
© Copyright 2003 de Norah McClintock
Édition originale publiée au Canada par Scholastic Canada Ltd

© Copyright 2007
Éditions Hurtubise HMH ltée pour l'édition en langue française
Téléphone: (514) 523-1523 • Télécopieur: (514) 523-9969
www.hurtubisehmh.com

ISBN: 978-2-89428-976-1

Distribution en France
Librairie du Québec/DNM
Téléphone: 01 43 54 49 02 • Télécopieur: 01 43 54 39 15
www.librairieduquebec.fr

Dépôt légal/3e trimestre 2007
Bibliothèque et Archives nationales du Québec
Bibliothèque et Archives du Canada

Imprimé au Canada en juillet 2007

NORAH McCLINTOCK

DÉLIT DE FUITE

Traduit de l'anglais par
Claudine Vivier

NORAH McCLINTOCK

Née à Montréal, Norah McClintock habite aujourd'hui à Toronto où elle travaille comme éditrice pigiste. *Fausse identité*, *Cadavre au sous-sol* et *Crime à Haverstock* ont reçu, dans leur version originale, le Prix Arthur Ellis du meilleur roman policier pour la jeunesse. *Délit de fuite* est le sixième livre de la romancière traduit et publié par les Éditions Hurtubise HMH.

CLAUDINE VIVIER

Née en France, Claudine Vivier est établie au Québec depuis une trentaine d'années et travaille comme traductrice professionnelle depuis 1985. Déjà finaliste pour le prix du Gouverneur général dans le domaine de la traduction, elle traduit des albums pour enfants et des romans jeunesse.

*Aux cœurs brisés et aux briseurs de cœurs,
merci pour les souvenirs.*

PROLOGUE

— Pourquoi ? avais-je demandé la veille au soir. Pourquoi faut-il que Billy vienne ?

— De quoi te plains-tu ? avait rétorqué ma mère. Tu l'aimes bien, Billy !

C'est vrai que je l'aimais bien. Je l'aimais beaucoup. Il me laissait regarder la télé aussi longtemps que j'en avais envie. Je n'avais qu'à lui promettre de grimper à l'étage dès qu'on entendrait les pas de maman sur la galerie, et de ne pas le dénoncer. Et il n'insistait jamais pour que je me brosse les dents. Il n'en parlait jamais, des dents, d'ailleurs.

Mais je m'éloigne du sujet.

— J'ai presque douze ans, maman ! Je peux me débrouiller tout seul. Les parents de Vin ne le font pas toujours garder quand ils sortent.

Vin est mon meilleur ami.

— Je ne suis pas les parents de Vin, avait répliqué ma mère. Et tu as tout juste onze ans. Tu es trop jeune pour rester seul à la maison. Nous en reparlerons quand tu auras douze ans.

— Mais c'est dans presque un an...

Ma mère avait souri et m'avait embrassé sur la joue.

— Alors, nous en reparlerons dans presque un an, avait-elle conclu.

Le soir où c'est arrivé, Billy était passé me prendre chez Mme McNab, mon pied-à-terre après l'école, et m'avait ramené à la maison pour me garder. Me garder... je détestais ce mot. Mais bon, quitte à me faire garder par quelqu'un — ce qui, entre nous, était totalement inutile — autant que ce soit par Billy. C'était mon oncle, après tout. Cela faisait à peine deux ans qu'il n'habitait plus chez nous. Et même après son départ de la maison, il passait souvent nous voir, généralement à l'heure du souper. Maman n'y trouvait jamais rien à redire. Sauf peut-être dernièrement. Ces derniers temps, leurs rapports s'étaient envenimés. Il y avait eu toute une crise quand Billy s'était pointé avec une console Nintendo pour moi — un précadeau de Noël, avait-il précisé.

— Mais c'est dans des mois, Noël ! avait protesté ma mère.

Et ensuite, nous nous étions disputés, maman et moi, parce qu'elle avait obligé Billy à rapporter le jeu au magasin.

Le jour où c'est arrivé, maman n'est pas rentrée aussitôt après son travail. Elle avait dit qu'elle avait mille choses à faire, et c'est pour cette raison que Billy me gardait. Il avait fait livrer une pizza que nous mangions devant la télé. Nous regardions un match de baseball quand j'ai soudain entendu des sirènes.

— Bon sang, a grogné Billy en attrapant la télécommande pour hausser le volume. Voilà une chose que je n'ai jamais regrettée en partant d'ici. On se croirait en pleine zone de guerre !

Il y a une caserne de pompiers à deux coins de rue à l'ouest, un commissariat de police à quelques coins de rue au sud, et un hôpital un peu plus loin au nord. On entend sans arrêt hurler les sirènes des camions d'incendie, des voitures de police et des ambulances. J'y suis tellement habitué que je ne les remarque pratiquement plus. Elles font partie du fond sonore.

On a frappé à la porte.

Billy s'est extirpé du canapé en grommelant. J'ai eu pitié de celui qui s'avisait de le déranger. Ce n'était jamais une bonne idée de s'interposer entre Billy et ses matchs télévisés.

J'ai entendu la porte d'entrée s'ouvrir et aperçu du coin de l'œil Billy qui sortait. Au même moment, Alomar[1] a frappé un coup de circuit et égalisé la marque. On était au milieu de l'autre manche quand je me suis rendu compte que Billy n'était toujours pas rentré. À la pause publicitaire, je suis allé mettre mon nez dehors pour voir ce qu'il fabriquait. J'ai aperçu des lumières de gyrophares près de l'avenue Danforth et un attroupement. Puis j'ai vu Billy fendre la foule et redescendre la rue en direction de la maison. Deux agents de police

---

1. Joueur de baseball américain.

l'accompagnaient. Ils se sont arrêtés sur le trottoir et ont attendu pendant que Billy grimpait les marches du perron.

— Je vais appeler Kathy, leur a-t-il lancé.

Kathy était sa petite amie.

— Je vais lui demander de venir ici pour un petit moment, d'accord Mikey? Il faut que j'aille quelque part.

— Ils t'ont arrêté, Billy?

Je ne voyais pas pour quelle autre raison Billy aurait dû accompagner les policiers ni pour quelle autre raison ceux qui l'attendaient devant la maison avaient l'air aussi sombre.

Lorsque Kathy est arrivée, Billy lui a murmuré quelque chose à l'oreille. J'ai eu l'impression qu'elle allait fondre en larmes et j'ai eu peur. J'étais sûr à présent que Billy avait été arrêté. J'avais hâte que maman rentre pour arranger les choses.

— Sois un bon garçon, m'a dit Billy. Ne va pas faire des misères à Kathy, compris? Je ne veux pas perdre la meilleure copine que j'aie jamais eue parce que mon neveu décide de jouer les terreurs, d'accord?

— D'accord. Mais qu'est-ce que je vais dire à maman quand elle rentrera?

— Tout ira bien, a répondu Billy.

Il m'a serré dans ses bras, ce qui aurait dû me mettre la puce à l'oreille. Puis il est parti avec les deux policiers.

CHAPITRE UN

QUATRE ANS PLUS TARD

— J'attends, Monsieur McGill, dit Riel. *Monsieur* Riel.

C'est automatique. Chaque fois que Riel ramasse les devoirs, il feuillette la pile pour vérifier si le mien y est bien. Et quand il ne le trouve pas, j'ai droit à une remarque devant toute la classe.

Je me penche et fouille frénétiquement dans mon sac à dos. Je dois dire que je lui fais un excellent numéro. Avant de me relever, je plaque sur mon visage l'expression de la panique la plus totale... la mimique du gars qui se dit: «Bon sang, comment est-ce arrivé — encore une fois?»

— Un problème, McGill?

Quelqu'un s'esclaffe au fond de la classe. Je parierais mon dernier cent que c'est Vin.

— Euh... j'ai dû l'oublier à la maison.

Mais où est l'Académie des arts et des sciences du cinéma quand on a besoin d'elle? Hé, les gars, c'est la nuit des oscars, et je viens de livrer la performance de ma carrière!

Riel ne semble pas impressionné.

— Tu n'habites pas loin d'ici, n'est-ce pas, McGill?

— Non, à deux coins de…

Hé! Minute!… comment peut-il le savoir? Cela fait un mois que ce type m'embête. Il vient d'arriver à l'école, c'est un prof qui débute, mais il se comporte comme s'il me connaissait depuis toujours, et il n'a pas cessé de s'en prendre à moi depuis.

Riel jette un coup d'œil à l'horloge. Il ouvre un tiroir de son bureau, sort une feuille de papier sur laquelle il griffonne quelque chose, et me la tend.

Perplexe, je fixe sa main tendue.

— Approche, ordonne-t-il.

Je me lève et me tourne vers Vin, qui hausse les épaules. Je marche jusqu'au bureau d'un pas traînant et saisis la feuille de papier. C'est une permission de sortir.

— Il reste quarante-cinq minutes de cours, dit Riel. Ça ne devrait pas te prendre plus de quinze ou vingt minutes pour aller chez toi récupérer ton devoir et le rapporter ici.

Je fixe en silence la permission de sortir. Il m'a vraiment pris au mot.

— Je pourrais vous l'apporter au prochain cours. Ce serait plus simple.

— Le plus simple aurait été de rendre ton devoir à temps, McGill. Je t'accorde vingt minutes. Et je n'ai pas besoin de te rappeler ce qui risque de t'arriver si tu ne reviens pas avant la cloche.

Je hoche la tête. Non, il n'a pas besoin de me le rappeler. Je me suis trop souvent retrouvé dans ce genre de pétrin pour ignorer ce qui m'attend. Je lance un coup d'œil à Vin au fond de la classe et me dirige vers la porte. Dans le couloir, je ralentis le pas une fois la salle de classe hors de vue.

Bon, qu'est-ce que je fais ? Je peux toujours jouer la comédie. Je pourrais marcher jusqu'à la maison, traîner deux minutes sur le perron, rebrousser chemin et revenir les mains vides. Ou faire plusieurs fois le tour du pâté de maisons. Ou encore revenir en classe et tout confesser à Riel. Mais dans un cas comme dans l'autre, cela reviendra toujours au même : je n'ai pas fait le devoir et je vais écoper d'une retenue.

Je décide de faire le tour du pâté de maisons. Et s'il me venait une idée en chemin, une inspiration subite ? On ne sait jamais, je trouverai peut-être la parfaite excuse. Par exemple que des voleurs se sont introduits dans la maison et ont tout saccagé, y compris mon devoir. Ou encore que mon oncle en a eu assez de me demander de ranger ma chambre et qu'il a flanqué tout ce qui traînait à la poubelle. Hum, celle-là n'est pas mal. C'est le jour de l'enlèvement des ordures, les gens ont sorti leurs poubelles sur les trottoirs. Et Riel ignore que Billy n'est pas très porté sur le ménage. À moins que…

Je passe les quinze minutes suivantes à marcher en me demandant si je dois ou non retourner à l'école. Et si j'y retourne, vaut-il mieux me rendre directement dans la classe de Riel ou bien attendre dans un coin l'heure du prochain cours? Comme si le cours de maths risquait d'être plus passionnant que celui d'histoire! Si nous étions le jour deux, si j'avais musique ou gymnastique, je retournerais peut-être à l'école. Mais me pointer là-bas pour subir les sarcasmes de Riel et faire rigoler toute la classe, et en plus finir la journée en retenue? Non, merci. Je continue jusqu'à l'avenue Danforth. Au coin, j'oblique vers l'ouest et passe des douzaines de bars et de restaurants jusqu'au viaduc Bloor. Je traverse le viaduc qui franchit Parkway et la rivière, et poursuis ma route jusqu'à la rue Yonge. De là, je mets le cap au sud jusqu'au Centre Eaton. Je fouille dans mes poches. Deux pièces de un dollar, et deux autres de deux dollars. Assez pour un Big Mac et une portion de frites. Et quand j'irai travailler ce soir, je toucherai ma paie. Vu ma situation financière, d'ailleurs, ce serait peut-être une bonne idée de demander à M. Scorza si je peux travailler quelques heures de plus par semaine.

Je travaille le vendredi soir et toute la journée du samedi dans une épicerie de l'avenue Danforth. Commis à l'emballage, au réapprovisionnement des rayons, manutentionnaire… bref, garçon à tout faire. C'est samedi aujourd'hui et je n'ai pas cessé depuis ce matin de lever les yeux vers le petit bureau vitré qui surplombe un des coins du magasin, à l'avant. La vitre est embuée et il est impossible de voir à l'intérieur, mais j'y suis déjà monté et je sais que M. Scorza peut facilement me voir. Son bureau est juché à deux mètres du plancher et il a une vue plongeante sur tout le magasin, depuis la section des fruits et légumes à gauche de la porte d'en avant jusqu'au rayon des produits laitiers au fond, sans compter toutes les allées entre les deux. Je suis sûr qu'il est là, je devine sa silhouette trapue à travers la vitre. Cela doit faire cent fois que je lève les yeux vers ce bureau dans l'espoir de voir M. Scorza le quitter. Si seulement il sortait, je pourrais évaluer s'il est ou non dans de bonnes dispositions. Et s'il avait l'air de bonne humeur, je lui parlerais de la possibilité d'allonger mon horaire de travail. Mais M. Scorza s'obstine à rester dans son bureau depuis ce matin, ce qui est inhabituel. Et s'il était d'humeur massacrante ? Je risque peut-être d'empirer les choses en allant frapper à sa porte pendant ma pause…

Je décide d'attendre. Je sais, j'ai l'air du lâche qui a peur d'aller parler à son patron. Mais c'est la fin de la journée et j'ai dû remplir au moins cinq cents sacs d'épicerie. J'ai les pieds en marmelade à force de piétiner sur place depuis huit heures ce matin. Les samedis sont toujours les pires journées. Il y a foule et les clients sont pressés. Certains font livrer leur commande et je dois emplir des boîtes en carton, agrafer le bon de commande et transporter le tout jusqu'au camion de livraison. Quant aux autres clients, il faut emballer tout ce qu'ils ont acheté dans des sacs de plastique. Dans bien des grandes surfaces, c'est le client lui-même qui doit emballer ses emplettes. Il récupère ses articles au bout du grand comptoir de métal et remplit ses sacs d'épicerie. Il y a même des commerces où on vous fait payer les sacs. Mais pas chez M. Scorza. Son magasin est trop exigu pour qu'on puisse laisser les clients traîner aux caisses. Et bien des gens achètent chez lui parce qu'il fait la livraison. C'est ce qui fait sa réputation dans le quartier. Ça explique aussi pourquoi il lui faut tant de personnel.

Ma journée se termine et je jette un dernier coup d'œil à la vitre embuée. Je sais qu'il est dans son bureau. Mais le magasin est bondé.

Tout le monde va me voir grimper les marches et me reverra par conséquent les redescendre, et si jamais j'ai la mine basse, tout le monde le saura.

○

Vin et Sal m'attendent sur le trottoir. Sal sirote de la bière d'épinette et Val a une cigarette éteinte aux lèvres. Il raconte à tout le monde qu'il essaie d'arrêter de fumer, mais la vérité, c'est que les cigarettes lui donnent la nausée. Vin prétend que fumer vous donne l'air *cool*. Et mieux encore, que les filles admirent les gars qui essaient d'arrêter.

Vin — Vincent — Taglia est mon meilleur ami. Je le connais depuis la maternelle. Il avait l'habitude de me piquer mes petites autos jusqu'au jour où je me suis rebiffé et lui ai flanqué un coup de poing dans l'œil. Il s'est alors mis à voler les affaires des autres enfants et lui et moi jouions avec elles. Salvatore San Miguel est un copain plus récent. Sa famille est arrivée du Guatemala il y a quelques années. Son père était professeur d'université là-bas, mais il n'avait pas les idées politiques qu'il fallait, il a été arrêté et torturé, nous a raconté Sal. La famille au complet a dû s'enfuir en pleine nuit, abandonnant tout ce qu'elle possédait. Le père de Sal a été tellement marqué par son séjour en prison et par tout ce qu'on lui a fait, qu'il n'a jamais réussi à s'en remettre et à reprendre l'enseignement. Il travaille de nuit comme employé d'entretien dans une tour à bureaux du centre-ville. La mère de Sal enseigne aux immigrants à se servir d'un ordinateur. La tante de Sal, qui avait émigré il y a longtemps pour étudier la médecine, les aide beaucoup. Elle est médecin à présent. Je regarde mes copains.

— Alors, quoi de neuf?

Vin grimace un sourire pour toute réponse.

— Vin sort ce soir, explique Sal.

— Ah oui?

— Ouais.

Je regarde Vin, qui sourit toujours. Nous redescendons Danforth et il me parle d'une fille qu'il a rencontrée chez son cousin Frank. Vin a une grande famille et notamment une ou deux douzaines de cousins germains qui vivent tous à Toronto. Tous les membres de la tribu semblent très proches.

— Elle joue ce soir dans une pièce de théâtre à l'école de Frank, explique Vin, les yeux brillants. Elle m'a invité à venir la voir.

— Elle a dû inviter tous les gens qu'elle connaît, dit Sal. Tu sais bien, pour remplir la salle et jouer les vedettes.

Vin lui donne une claque sur le bras.

— Et toi, Sal? dis-je. Qu'est-ce que tu fais ce soir?

Son visage se ferme aussitôt.

— Ma tante organise une fête pour mon père, répond-il. C'est son anniversaire et elle veut lui remonter le moral. Ça va probablement le rendre suicidaire. Une autre année de passée sans pouvoir enseigner.

Si j'étais une fille, je prendrais Sal dans mes bras. Il parle toujours de son père comme s'il n'y avait rien de grave — «Ouais, mon père est un peu fêlé, il lit tout le temps des livres de poésie en espagnol, il marmonne continuellement des poèmes, et alors?» Le père de Sal est un petit homme nerveux qui a un regard bizarre, un peu hanté, comme s'il percevait des choses qu'il était seul à voir, des choses à vous donner la chair de poule. Mais quand Sal parle de lui, on a l'impression à l'entendre que ce n'est rien, que c'est ça, la vie. Peut-être le pense-t-il vraiment. Mais alors, pourquoi ces petites rides qui apparaissent aux coins de sa bouche lorsqu'il évoque son père? Et comment se fait-il que lorsqu'il en parle, il ne vous regarde jamais dans les yeux? Jamais.

— Super, dis-je. Et pendant que vous deux ferez la fête, je vais moisir à la maison devant la télé.

— Tu ne vois pas Jen? me demande Vin.

Je secoue la tête. Une vieille copine d'école de sa mère doit passer la fin de semaine chez elle. Il se trouve qu'elle a une fille du même âge que Jen et, bien entendu, Jen est chargée de la distraire. Et connaissant Mme Hayes, je suis sûr qu'elle a bien précisé qu'il n'était pas question que je les accompagne. Mais ça ne sert à rien d'expliquer ça à Vin, à moins d'avoir envie de l'entendre me répéter que j'ai raté une belle occasion de partie à trois, comme si c'était une expérience qu'il avait lui-même vécue et non un truc qu'il avait lu dans un magazine.

Nous tournons le coin de Danforth et nous nous déployons sur toute la largeur du trottoir. Vin se remet à pérorer sur sa conquête. Elle a le physique d'un mannequin, affirme-t-il. Il l'a rencontrée à cette soirée et elle a flirté avec lui. Sal éclate de rire et s'étouffe avec sa bière d'épinette.

— C'est ça, fait-il. Comme si une fille qui a l'air d'un mannequin allait flirter avec toi!

— Mais puisque je te le dis! insiste Vin.

Soit il dit la vérité, soit il s'est débrouillé pour se convaincre lui-même que les choses se sont vraiment passées ainsi. C'est peut-être *lui* qui devrait auditionner pour un rôle dans une pièce de théâtre. Il joue la sincérité à merveille. La fille lui a tourné autour toute la soirée, ajoute-t-il. Et elle n'a dansé qu'avec lui, ou presque.

— Bien sûr, raille Sal. Avec toi! Comme si tu savais danser.

— On dansait des *slows*, rétorque Vin.

Et il nous gratifie d'un regard rêveur des plus convaincants.

Nous remontons la rue en direction de chez Vin quand j'entends soudain un bruit de ferraille. Je tourne la tête. De l'autre côté de la rue, un chariot dégringole d'un perron en répandant sur le sol des boîtes de conserve, des fruits et des légumes. Mme Jhun se tient au beau milieu des marches qui montent jusqu'à sa porte, un bras tendu et une main agrippée à la rampe. Elle regarde droit devant elle, mais on dirait qu'elle fixe le vide. Puis elle se met à vaciller comme une pile de boîtes sur le point de s'écrouler. Je m'élance pour traverser la rue. Sans regarder ni dans un sens ni dans l'autre. Un taxi klaxonne furieusement et me rase de si près que sans mentir, je sens la portière me frôler le bras.

— Hé! hurle Vin derrière moi.

Je grimpe les marches quatre à quatre et j'attrape Mme Jhun par le bras. Elle est si petite. Elle m'arrive à peine à l'épaule. Je pourrais la soulever comme je soulève les sacs d'épicerie, car elle est légère comme une plume.

— Madame Jhun?

Elle a encore le regard perdu dans la brume. J'ai l'impression qu'elle n'a même pas conscience de ma présence et je commence à avoir peur. Elle s'appuie de tout son poids contre moi. Je ne pourrais pas en jurer, mais j'ai l'impression que si je ne l'avais pas rattrapée, elle aurait dégringolé les marches derrière son chariot.

— Madame Jhun, ça va?

Elle se retourne et plonge ses yeux dans les miens.

— Jacinthe, dit-elle après quelques secondes.

Là, elle me flanque vraiment la frousse.

— Madame Jhun?

Elle prend une profonde inspiration. Elle ne me lâche toujours pas des yeux, mais son regard est moins vague et je sais qu'elle reprend ses esprits. Elle semble surprise de me voir.

— Michael! Qu'est-ce qui t'amène?

Je nage dans la plus grande confusion. Elle se comporte comme si rien n'était arrivé.

— Vos courses, Madame Jhun.

Je lui montre d'un signe de tête les emplettes éparpillées sur la petite allée de ciment.

Elle regarde les dégâts comme si elle les voyait pour la première fois. J'aperçois une chaise sur la galerie et je la tire vers nous.

— Asseyez-vous, Madame Jhun. Je vais aller récupérer vos affaires.

Elle obéit sans broncher. Je remets le chariot sur ses roues et commence à tout ramasser — chou-fleur, brocoli et divers légumes dont j'ignore le nom. Madame Jhun fait presque toutes ses courses dans le quartier chinois. Elle va aussi dans l'ouest en traînant son chariot, jusqu'à la Petite Corée. Je ramasse des paquets passablement écrabouillés sur lesquels sont tracés les signes d'une langue que je ne connais pas. Du chinois, peut-être. Ou du coréen. Je remets tout dans le chariot.

— Trop de choses, dit Mme Jhun en me regardant. Trop de marches. Et trop d'années derrière moi.

Les derniers mots me font rire. Mme Jhun est toujours en train de répéter à quel point elle est vieille, mais elle n'a pas l'air si âgée que ça. Billy raconte que c'est parce que les Chinois et les Noirs ne font jamais leur âge, contrairement aux Blancs. Mais si vous entendiez la moitié de ce que raconte Billy à propos des Chinois ou des Noirs, vous n'accorderiez guère de crédit à ses théories sur le vieillissement.

— Vos œufs sont fichus, Madame Jhun.

À voir l'omelette qui dégouline de la boîte à œufs, je suis sûr qu'il n'y a pas de rescapé.

— Voulez-vous que j'aille vous en acheter une autre douzaine?

Elle regarde en soupirant la coulure jaunâtre répandue sur son allée.

— Hé, Mike! appelle Vin depuis le trottoir d'en face.

— Tes amis t'attendent, me dit Mme Jhun. Je peux m'occuper du reste. Merci, Michael.

Je fais un signe de la main à Vin.

— Attends-moi ou vas-y, fais comme tu veux.

Je transporte toutes les affaires dans la maison. Puis je replie le chariot et le range dans un coin de la galerie réservé à son intention. Ce n'est qu'en redescendant les marches de bois que je remarque que l'une d'elles est brisée. Je me retourne vers Mme Jhun.

— Avez-vous trébuché sur cette marche en montant?

Ce n'est probablement pas le cas. Elle était presque arrivée en haut quand je l'ai aperçue. Mais cette marche défoncée... elle risque de se prendre le pied dedans et de tomber, la prochaine fois, même si ce n'est pas ce qui est arrivé cette fois-ci.

— Je vais revenir après le souper pour la réparer.

Je n'ai rien de mieux à faire, de toute façon. Je ne suis pas un menuisier chevronné, mais je connais les rudiments du métier. Je suis parfaitement capable de réparer une marche d'escalier.

— Tu n'es pas obligé, Michael, me dit Mme Jhun.

C'est la réponse que j'attendais. Mme Jhun ne veut jamais embêter les gens.

— Vous pourriez vous blesser. Vous êtes sûre que vous ne voulez pas que j'aille vous chercher d'autres œufs?

Mme Jhun me sourit.

— Les œufs peuvent attendre, dit-elle.

Elle lève la main pour me caresser la joue. Elle a la main aussi douce que du satin. Je sais ce qu'elle pense sans qu'elle ait à prononcer un mot.

— À tout à l'heure, Madame Jhun.

— Bon sang, qu'est-ce qui s'est passé? me demande Vin quand je finis par traverser la rue pour le rejoindre.

— Et *qui* c'était? ajoute Sal.

— Une amie de ma mère. Une personne adorable.

— À propos de personne adorable…, commence Vin.

Et le voilà reparti à discourir sur la fille de ses rêves.

CHAPITRE DEUX

À mon arrivée à la maison, je trouve Billy assis sur la galerie en train de siroter une bière. Billy est petit et plutôt maigre — surtout parce qu'il se nourrit mal. Ses cheveux couleur de paille lui tombent tout le temps dans les yeux et il doit les repousser toutes les deux minutes d'une main toujours tachée de cambouis. Le devant de son jean est lui aussi noir de cambouis et il y a des taches sur son T-shirt. Quand les gens rencontrent Billy pour la première fois, ils le prennent toujours pour mon grand frère, alors que c'est mon oncle. Il n'a que dix ans de plus que moi. Il habitait avec ma mère quand je suis né et il est resté chez nous jusqu'à l'âge de dix-huit ans, trois ans avant le décès de maman. La plupart du temps, je considère moi aussi Billy comme un frère — un grand frère négligent et trop gâté. Et trop fainéant pour se donner la peine de jouer les figures d'autorité.

Je compte les bouteilles vides sous sa chaise.

— Une dure journée au garage, Billy ?

Il tourne vers moi des yeux humides.

— Tu l'as dit, Mikey!

J'ai l'estomac qui crie famine. J'ai déjeuné d'un beigne et d'un berlingot de lait au chocolat, et avalé à midi un hamburger et des frites au *Square Boy*. Mais tout ça est loin.

— Es-tu passé à l'épicerie, Billy?

Il me regarde comme si j'avais perdu la raison.

— Ce n'est pas moi qui travaille dans une épicerie, Mikey.

— Peut-être, mais c'est toi qui as de l'argent.

Billy me lance un nouveau regard surpris.

— Ah, si seulement! lâche-t-il.

Je pousse un soupir. Les perspectives du souper ne semblent guère prometteuses. Encore une fois.

— Tu as déjà soupé, c'est ça?

— Je n'ai pas faim, répond Billy. De toute façon, je sors ce soir. Je grignoterai quelque chose plus tard.

Génial. J'ai l'estomac qui proteste. Et si Billy n'a pas fait les courses et que de toute façon, il compte sortir ce soir, cela signifie que je devrai me contenter de macaroni ou de soupe en boîte, ou encore d'un plat d'œufs brouillés, si jamais l'envie me prend de cuisiner plutôt que de réchauffer. J'entre dans la maison en repensant aux samedis soirs ou, mieux encore, aux dimanches soirs où je rentrais à la maison après un après-midi de football ou de hockey de ruelle ou de vélo avec Vin. Je me précipitais dans le couloir d'entrée pour aussitôt me mettre à saliver à l'odeur d'un poulet mis à rôtir dans le four, de côtelettes de porc rissolant dans la poêle ou d'une tarte ou de petits gâteaux qui refroidissaient sur le comptoir de la cuisine.

Ma mère était une cuisinière hors pair. Elle ne gagnait pas des mille et des cents à travailler comme commis comptable, mais s'il y avait une chose que je n'avais jamais à craindre, c'était bien d'avoir faim. En été, elle cultivait un petit potager dans la cour en arrière. Aujourd'hui, il n'y pousse que des mauvaises herbes. Nous avions un gros congélateur dans la cave, toujours vide à présent, à part les sacs de glace qu'y entrepose Billy parce qu'il aime bien en avoir sous la main quand ses copains viennent faire la fête. Il y a quatre ans, il aurait été rempli de légumes cultivés et congelés par maman, et de fraises et de framboises ramassées dans des fermes où nous faisions de l'autocueillette. Elle profitait des rabais pour accumuler des réserves de poulet et de bœuf haché. Même chose pour le pain. Elle confectionnait des fournées de tartes aux fraises, aux bleuets ou aux pommes qu'elle congelait. Bon sang, comme tous ces plats me manquent. Ce n'est bien sûr pas la seule chose qui me manque depuis qu'elle n'est plus là, mais il y a des moments où je donnerais n'importe quoi, vraiment n'importe quoi, pour m'attabler devant un de ses poulets rôtis et me goinfrer de sauce maison, de pommes de terre en purée et de petits pois.

Billy ne cuisine jamais. Ses talents culinaires se bornent à enfourner des repas préparés dans le four à micro-ondes et à réchauffer des boîtes de fèves au lard. Il lui arrive même de penser à vider la boîte dans une casserole au préalable. De temps en temps, il ramène une fille à la maison, et parfois, celle-ci prépare quelque chose — des spaghettis à la sauce à la viande ou du poulet frit. Mais c'est généralement au tout début de la relation, quand la fille essaie d'impressionner Billy. Et généralement, la fille en question ne saute pas de joie en apprenant que Billy a un neveu de quinze ans à sa charge.

Ces jours-ci, il y a habituellement plus de bière que de nourriture dans le réfrigérateur. Si les petits plats de maman lui manquent, Billy ne s'en plaint jamais.

J'ouvre le frigo. Il est vide. Ou à peu de choses près. Un contenant où il reste peut-être de la margarine, un carton de lait — presque vide si j'en juge le poids — deux carottes racornies dans le bac à légumes, un pot de confiture de fraises à demi plein (où sont les marmelades congelées de maman ?), une boîte de parmesan râpé, un bocal où nagent deux ou trois cornichons dans une saumure trouble. Je sais que personne n'a touché à ce pot depuis des mois, voire des années. Bref, pas vraiment les ingrédients pour confectionner un souper.

Je referme le frigo et j'ouvre une armoire. Des Sugar Pops. Je secoue la boîte. Elle est à demi pleine. Un pot de beurre d'arachides pas complètement récuré. Des craquelins. Et une pile de boîtes de conserve — macaronis au bœuf, fèves au four, spaghetti, pêches en conserve (même l'été, Billy préfère mille fois les pêches au sirop aux pêches fraîches). Du vinaigre. Des spaghettis. Un pot de sauce à spaghettis sans marque.

Je sors les spaghettis et la sauce, et mets de l'eau à bouillir. Vingt minutes plus tard, je m'apprête à verser la sauce sur une assiette de pâtes et à saupoudrer le tout de parmesan quand Billy rapplique, les narines frémissantes.

— Hé, ça sent bon, fait-il en subtilisant mon assiette.

Je me sers une autre assiette et lui emboîte le pas jusqu'à la galerie de devant. Je m'installe sur une chaise pliante à côté de lui.

— Si tu ne veux pas passer à l'épicerie, ça te regarde, lui dis-je. Donne-moi simplement de l'argent et j'irai. Je peux préparer de la sauce à la viande. Peut-être des saucisses. Ou du poulet. Tu aimes le poulet, pas vrai ? Je pourrais faire du poulet frit, avec des pommes de terre en purée, peut-être.

Billy grimace un sourire en engloutissant ses spaghettis.

— Tu feras un jour une excellente épouse, Mikey, glousse-t-il.

— Reviens sur terre, Billy. Tu retardes. Les hommes aussi font la cuisine. Les chefs des grands restaurants sont des hommes.

— Je déteste faire à manger, répond-il en contemplant d'un air lugubre son assiette vide. Est-ce qu'il en reste ?

Je secoue la tête.

— Bah ! Je vais sortir, de toute façon. J'avalerai quelque chose plus tard.

Il pose son assiette sur le plancher de la galerie, se lève et entre dans la maison.

— Hé, Billy ! Ramasse ton assiette et va la mettre dans l'évier !

Trop tard. La porte à moustiquaire claque derrière lui. Il revient quelques instants plus tard en décapsulant une autre bouteille de bière.

Je lui demande s'il a vu la boîte à outils dernièrement.

— Elle est probablement à la cave, répond-il.

C'est invariablement la réponse qu'il vous sert quand on lui demande où se trouve telle ou telle chose : « Probablement à la cave. »

— Pour quoi faire ? ajoute-t-il.

— Madame Jhun a trébuché sur une des marches de son perron aujourd'hui. Je vais aller lui réparer ça.

Billy fait la grimace.

— Qu'est-ce que tu as à t'occuper de cette vieille ? Bon sang, je parie qu'elle ne sait toujours pas parler anglais correctement, comme tous ceux de son espèce.

Que des gens qui viennent d'ailleurs aient le culot de parler leur propre langue a le don d'irriter Billy. Tout le monde devrait apprendre l'anglais, à son avis. On ne devrait pas autoriser les immigrants à vivre ici tant qu'ils ne parlent pas la langue. À l'entendre, on croirait qu'apprendre une nouvelle langue est un jeu d'enfant. La seule tentative de Billy en la matière se résume aux cours de français qu'il a dû suivre à l'école. Maman m'avait raconté qu'il échouait à l'examen tous les ans, et que c'est entre autres pour cette raison qu'il n'avait jamais réussi à décrocher son diplôme d'études secondaires. Tout comme il avait échoué en maths, en sciences, en anglais et dans toutes les autres matières. Billy déclare tout le temps qu'il s'en fiche. Il répète qu'il gagne bien sa vie en travaillant comme mécanicien dans un garage — ce qui explique pourquoi nous vivons dans un tel luxe. Billy affirme qu'un jour, il aura son propre garage.

— Elle parle très bien l'anglais, dis-je. Et c'était une amie de maman.

Comme si je devais lui rappeler!

— Et je la plains.

Billy me décoche un autre regard mauvais.

— Tu la plains? Et pourquoi? Parce que son mari était un crétin fini?

Billy a toute une série d'arguments pour justifier cette opinion. M. Jhun aurait dû appeler la police quand il a entendu du bruit dans son restaurant, plutôt que descendre voir lui-même de quoi il retournait. M. Jhun n'aurait jamais dû garder autant d'argent dans son établissement. M. Jhun avait placé une pièce porte-bonheur près de sa caisse enregistreuse. C'est la chose qui fait toujours rigoler Billy. « Un porte-bonheur dans un resto pourri de ce côté-ci du quartier Danforth! s'exclame-t-il. Bon sang, il n'avait pas compris que tous les bons restaurants sont situés à deux ou trois stations de métro d'ici? »

— La vieille n'est pas non plus un génie, ajoute-t-il à présent. Elle n'a même pas le bon sens de rester avec ses semblables!

— La ferme, Billy!

— Ah, mon pauvre Mikey.

Je me lève si brusquement que je renverse ma chaise et pose le pied au beau milieu de l'assiette que Billy a laissée par terre. Je l'entends craquer sous mon poids. Je lance un regard furieux à Billy et d'un coup de pied, j'envoie valser la maudite assiette qui s'en va atterrir au milieu de la cour. Elle explose en touchant la zone de terre battue que Billy s'obstine à appeler une pelouse.

— Du calme, Mikey. Du calme !

J'ai bien envie de le flanquer par terre, lui aussi, mais je me retiens et descends ramasser les dégâts. Dan et Lew arrivent au moment même où je m'apprête à jeter les éclats de faïence dans la poubelle sur le côté de la maison. Dan Collins et Lew Rhodes sont les meilleurs amis de Billy. Lew travaille dans le même garage que Billy et a un faible pour Marilyn Monroe — ne me demandez pas pourquoi ; elle était morte bien avant sa naissance. Mais cela n'empêche pas Lew de lui vouer un culte passionné. Son T-shirt favori arbore le visage de Marilyn et il a accroché un porte-clés avec une figurine en plastique à son effigie au rétroviseur de son auto. Il n'a jamais de chance avec les femmes en chair et en os, m'a confié Billy. Dan, lui, c'est tout autre chose. Je ne sais pas exactement ce qu'il fait pour gagner sa vie. Quand on lui demande, il répond simplement : « Je me débrouille », en vous décochant son sourire de vedette de cinéma. Billy raconte que Dan peut avoir toutes les filles qu'il veut grâce à ce sourire. Les femmes adorent Dan, dit-il. Maman ne l'aimait pas, pourtant. Je trouve pour ma part que Dan et Lew sont sympas. D'accord, à eux trois, Dan, Lew et Billy ont tout juste un diplôme de secondaire, mais ils se débrouillent très bien. Ils ont tous un emploi, ils gagnent leur vie correctement, ils savent toujours où aller faire la fête et ils sont drôles.

— Salut, Mikey, comment ça va? lance Dan.

Il m'attrape par le cou et me donne des tapes sur la tête. Il m'a toujours salué comme ça et il rigole chaque fois. Il baisse les yeux sur les fragments de l'assiette que j'ai dans les mains.

— Quand on parle de soucoupes volantes, ce n'est pas à ce genre de soucoupe qu'on pense, déclare-t-il. Je n'ai jamais vu celles-là voler.

— Toujours à l'école, petit? me demande Lew.

Cela fait un mois qu'il me pose cette question.

— Il n'a que quinze ans, lance Billy depuis la galerie. S'il fait l'école buissonnière, c'est moi qui vais avoir des ennuis.

— Toi, des ennuis? fait Dan. Comme si c'était ton genre de prendre des risques!

Ils entrent tous les trois dans la maison.

Je ramasse mon assiette et les bouteilles vides de Billy, et vais les porter dans la cuisine. Ensuite, je descends à la cave et — ô miracle! — je trouve la boîte à outils. Au moment où je m'apprête à partir, les trois compères sont de retour sur la galerie.

— On sort, m'annonce Billy.

— Viens avec nous, propose Dan. Je connais une fille qui a une petite sœur. Vraiment jolie. Tout à fait ton genre.

— Il a déjà une copine, dit Billy en parlant de Jen. Et elle est riche.

Admiratifs, Dan et Lew lèvent le pouce à l'unisson.

— Tu vas pouvoir te débrouiller tout seul? me demande Billy.

Il me pose invariablement cette question chaque fois qu'il sort. Si je lui répondais «Non, Billy, je vais prendre feu aussitôt que tu seras parti», il ferait exactement la même chose que ce qu'il est en train de faire: grimacer un sourire et tourner les talons avant même que j'aie pu répondre. Une demi-seconde plus tard, la porte claque derrière eux. C'est vrai que j'aurais bien aimé les accompagner. J'aurais bien aimé aller *n'importe où* avec *n'importe qui*. J'empoigne la boîte à outils et je me dirige chez Mme Jhun. En chemin, je passe à la quincaillerie acheter une planche de bois.

Avant de se faire tuer en surprenant un cambrioleur dans son établissement, le mari de Mme Jhun tenait un restaurant sur l'avenue Danforth, à cinq minutes à pied de chez nous. C'était le genre de restaurant où l'on vous servait aussi bien des plats chinois et coréens que des steaks et des hamburgers — il y en avait pour tous les goûts. Mais peu importe ce que vous commandiez, c'était toujours bon. Souper au restaurant de M. Jhun était pour maman et moi notre cadeau de la fin de la semaine. Le vendredi soir, maman déclarait en rentrant du travail qu'elle en avait par-dessus la tête de cuisiner. Elle se changeait et nous nous rendions chez M. Jhun, où elle commandait des plats du genre légumes et riz vapeur. Pour ma part, je m'en tenais aux ailes de poulet et aux frites même si, je dois l'admettre, j'aimais bien la façon dont M. Jhun apprêtait les rouleaux impériaux et les won-ton. Maman était commis aux livres de son métier — je n'ai jamais vraiment compris en quoi ça consistait jusqu'à son décès. Je croyais qu'elle travaillait dans une bibliothèque, quelque chose du genre. Elle était employée dans un bureau du centre-ville, mais elle faisait aussi de la comptabilité en extra pour arrondir ses fins de mois. M. Jhun faisait partie de ses clients.

Quand j'arrive chez Mme Jhun avec mes outils et ma planche de bois, elle a l'air si contente que j'ai l'impression qu'elle ne m'avait pas compris quand je lui avais dit que j'allais revenir. Ou bien qu'elle ne m'avait pas cru. Elle semble aller nettement mieux que cet après-midi. Elle insiste pour m'offrir du thé et quelque chose à manger avant que je me mette au travail. Je ne dis pas non. J'aime le thé qu'elle prépare et elle le sert toujours avec des biscuits aux noix de Grenoble qui ont non seulement le goût des noix, mais aussi leur forme. Elle m'a expliqué que c'étaient comme des beignets coréens, et que tout le monde là-bas en mangeait. Je n'ai aucun mal à la croire. Ils sont délicieux.

Lorsque je finis par ouvrir ma boîte à outils, Mme Jhun s'installe sur la galerie pour me tenir compagnie. Assise sur un tabouret, elle me regarde déclouer la marche brinquebalante, puis prendre les mesures, scier la nouvelle planche et la clouer.

— Qui t'a appris à faire ça ? me demande-t-elle.

— Maman.

Qui d'autre ? Maman m'a appris tout ce que je connais question cuisine, ménage et réparations. Elle était comme ça. Le genre indépendant. « Si tu ne réussis pas du premier coup, essaie, essaie encore, me disait-elle. N'abandonne pas, chéri, ne t'avoue jamais vaincu. Et la troisième fois sera la bonne.»

J'ai eu un père, aussi. Un dénommé Robert McGill. Lui et maman se sont mariés quelques mois avant ma naissance. Maman n'aimait pas parler de lui. «Ton père ne pouvait pas rester en place»: c'est tout ce qu'elle daignait m'en dire. Billy m'a donné un autre son de cloche. Il avait onze ans quand le cher vieux Bob s'est mis à avoir des fourmis dans les jambes. Il m'a raconté qu'un jour, en rentrant du parc où elle était allée me promener, ma mère a trouvé les vêtements et la collection de cassettes de Bob envolés. Même chose pour l'argent qu'elle avait mis de côté. «Il n'aimait pas les enfants, a ajouté Billy. Il n'aimait pas le fait que Nancy m'ait à sa charge, et encore moins la présence d'un bébé dont elle devait s'occuper nuit et jour.»

Je n'ai jamais rencontré mon père et je n'en ai jamais eu envie. Et puis, environ un an après la mort de maman, Billy a reçu une lettre d'un avocat qui l'informait du décès de Robert McGill dans ce qu'il appelait un accident n'impliquant pas de tiers... Il se serait endormi au volant. Entre nous, je pense qu'il y avait déjà un bon bout de temps que Robert McGill dormait au volant...

— Comment va ton oncle? me demande Mme Jhun.

Je hausse les épaules.

— Bien, je crois.

— Est-ce qu'il s'occupe de toi comme il faut ?

Je hausse encore les épaules. Mme Jhun ne connaît pas beaucoup Billy, et ce n'est pas de sa faute. Elle a bien essayé. Elle est repartie en Corée après la mort de M. Jhun, pour revenir ici il y a huit ou neuf mois. C'est à son retour qu'elle a appris le décès de maman. Elle est venue nous voir pour nous offrir ses condoléances. Billy ne l'a même pas fait entrer. Il l'a reçue dehors sur le perron, par un après-midi glacial de février. Il l'a écoutée, s'est renfrogné quand je l'ai invitée à entrer et a paru soulagé quand elle a décliné l'invitation. Après son départ, il a déclaré que les gens qui parlaient comme elle devraient retourner d'où ils viennent. J'ignore pourquoi il était si hargneux. Mme Jhun faisait simplement preuve de gentillesse et en plus, son anglais était excellent.

Pendant que je répare la marche, elle me demande si je me débrouille à l'école, puis elle m'annonce qu'elle compte retourner bientôt en Corée. Elle et son mari n'ont pas eu d'enfants, mais elle a une sœur et des neveux et nièces. Une de ses nièces attend un enfant. Mme Jhun m'explique qu'elle aime bien séjourner là-bas et rendre visite à toute sa parenté. Mais elle aime aussi le Canada. En plus, son époux est enterré ici, au Canada. Il a travaillé dur pour se tailler une place dans ce pays, me raconte-t-elle. Elle trouverait triste de le laisser tout seul. Elle veut d'ailleurs être enterrée à ses côtés quand elle va mourir.

— Ne parlez pas de mourir, Madame Jhun. Vous êtes bien trop jeune pour ça !

Elle sourit d'un air serein. Elle semble tellement mieux que cet après-midi et c'est ce qui m'incite à lui demander ce qu'elle a voulu dire.

— Jacinthe ? répète-t-elle en fronçant les sourcils.

— Vous me regardiez droit dans les yeux quand vous avez prononcé ce nom.

Son regard s'éclaire tout à coup et elle sourit.

— Tes yeux, dit-elle. Ils sont de la couleur des jacinthes. Ta mère avait les mêmes.

Je me sens un peu rassuré. Cette réponse lui ressemble bien. Elle n'est pas folle. Cela me rappelle la fois où elle a dit que Billy avait un mulet dans la tête. J'ai d'abord cru qu'elle avait confondu deux mots. Puis elle a ajouté : « Il le pousse, le pousse, mais le mulet ne veut jamais aller là où Billy veut qu'il aille. » Et elle avait raison. Quoi qu'il fasse, Billy finit toujours par se retrouver avec les cheveux dans les yeux.

— Tu me rappelles tellement ta mère, me dit Mme Jhun.

Elle sourit encore, mais il y a une ombre de tristesse dans ce sourire. Je comprends ce qu'elle ressent. J'éprouve la même chose.

Je sirote une autre tasse de thé en sa compagnie et lui promets de revenir la voir bientôt. Puis je prends la direction de la maison où personne ne m'attend.

Je passe la journée du dimanche à traîner avec Vin. Puis je rentre à la maison en longeant l'avenue Danforth. Je passe devant l'épicerie de M. Scorza, m'arrête un peu plus loin et fais demi-tour. Nous n'avons plus de lait. C'est du moins l'excuse que je me donne pour entrer dans le magasin. Je me dirige vers le rayon des produits laitiers tout en explorant d'un coup d'œil chacune des allées.

— Tu cherches quelque chose, Michael ?

C'est le patron. Fait extraordinaire, il me sourit. Un sourire bourru, un peu tordu, à demi caché sous la moustache, mais suffisant pour me donner le courage dont j'ai besoin.

— Est-ce que je peux vous parler une minute, Monsieur Scorza ?

— Bien sûr. Viens dans mon bureau.

Je le suis dans l'étroit escalier et me retrouve coincé dans le petit espace laissé libre au milieu des boîtes empilées, entre la porte et la table encombrée de factures, de reçus et de feuilles d'expédition.

— Qu'est-ce que je peux faire pour toi, Michael? demande M. Scorza.

Il nous appelle toujours par notre prénom officiel. Moi, c'est Michael. Tom, c'est Thomas. Steve, c'est Stephen.

— Je me demandais, Monsieur Scorza…

J'ai tout à coup la bouche sèche et la langue paralysée. Je me sens aussi nerveux qu'un enfant qui entre en maternelle et quitte sa maman pour la première fois. «Allez, vas-y, me dis-je. Qu'est-ce que tu risques? Il ne va quand même pas te manger!» Je me jette à l'eau.

— J'ai du temps de libre et je pensais…

M. Scorza a les yeux fixés sur moi. Le sourire s'est évanoui sous la moustache. À quoi peut-il bien penser? Je fais un pas en arrière sans regarder où je mets le pied, heurte une boîte et perds l'équilibre. J'essaie de me rattraper en agrippant une autre caisse, mais elle doit être vide ou remplie de plumes parce qu'elle m'échappe et je poursuis ma dégringolade. M. Scorza se relève derrière son bureau, l'air inquiet. Je finis par tomber lourdement en position assise sur la boîte derrière moi. Il me fixe encore sans dire un mot et je me relève pour ne pas avoir l'air d'un parfait imbécile.

— Détends-toi, Michael. Je ne vais pas te mordre.

Je souris faiblement. J'ai les lèvres qui tremblent. Mais il est trop tard pour revenir en arrière.

— Je voulais dire, si vous avez besoin de quelqu'un pour travailler quelques heures de plus, je suis libre. Je suis un bon travailleur, Monsieur Scorza.

C'est la vérité. Je ne passe pas mon temps au fond du magasin comme certains, qui prétendent aller dans la réserve chercher une autre caisse de beurre d'arachides, de margarine ou autre, et s'éclipsent dans la ruelle pour aller griller une cigarette. Jamais je ne ferais une chose pareille. Je ne fume même pas.

— Je sais, Michael, répond M. Scorza. Depuis combien de temps travailles-tu ici?

— Près d'un an.

— Dix mois et deux semaines.

En plein dans le mille, pour autant que je sache.

— J'ai dû congédier Thomas Manelli aujourd'hui, reprend-il. Tu connais Thomas?

Oui, je le connais. Thomas a deux ans de plus que moi et c'est un vrai minable. Si certains s'esquivent pour aller fumer une cigarette, Thomas, lui, s'échappe pendant deux ou trois heures en répétant à qui mieux mieux que le patron est un imbécile facile à duper. Pas si dupe que ça, hein, Tommy?

— Thomas travaillait trois jours par semaine, de quatre à neuf, ajoute-t-il. Le poste est ouvert.

Je le regarde, stupéfait.

— Vous voulez dire que je peux le remplacer?

— Si tu t'en estimes capable.

— Vous voulez dire, en plus des heures que je fais déjà?

— Si tu t'en estimes capable, répète-t-il. Mais j'attache une grande valeur à l'instruction. Tu ne dois pas négliger tes études, Michael. Il ne faut pas qu'elles en souffrent.

Je hoche la tête, mais ce n'est pas à l'école que je pense. Je suis en train de calculer combien d'argent je vais gagner. Cinq heures par jour, trois jours par semaine, cela veut dire quinze heures de plus sur ma paie hebdomadaire. J'aurai de l'argent à ne savoir qu'en faire.

— J'en suis capable, Monsieur Scorza. Je le sais.

— Tu peux commencer mardi, Michael. Mardi, mercredi et jeudi, aussitôt après l'école. D'accord?

— D'accord.

Et sans même réfléchir, je lui tends la main. M. Scorza sourit et me serre la main.

— Ta mère avait l'habitude de venir le vendredi soir faire ses courses pour la semaine, dit-il. Même quand tu étais haut comme trois pommes. Elle t'emmenait toujours ici. Elle serait fière de toi, Michael, si elle pouvait te voir aujourd'hui.

— Merci, Monsieur Scorza.

Je me faufile prudemment entre les boîtes et sors du minuscule bureau. J'ai réussi! J'ai demandé des heures de travail supplémentaires et je les ai obtenues. Je vais gagner plus d'argent, et je vais pouvoir m'acheter des jeans et des souliers de sport neufs et il me restera de l'argent pour sortir avec Jen.

Je décroche le téléphone sans fil et me dirige vers le salon tout en composant le numéro. Je sais que c'est stupide. À croire que j'aime courir après les ennuis — du style «J'en prendrais encore, une double portion, s'il vous plaît!» Mais j'ai envie d'annoncer mes bonnes nouvelles à quelqu'un. Je me laisse tomber sur le canapé en écoutant la sonnerie à l'autre bout de la ligne.

— *Allô?*

C'est une voix de femme. Je la reconnais aussitôt — celle de la mère de Jen. Le ton est glacial et méfiant.

— Pouvez-vous me passer Jen, s'il vous plaît?

— *De la part de qui?*

Elle n'a pas reconnu ma voix. Je n'appelle jamais chez Jen et je commence à regretter mon initiative. Mais je me demande où cette femme a appris la politesse. J'ai été courtois, j'ai dit «s'il vous plaît». Et elle répond d'un ton hargneux et cassant sans même savoir qui appelle. Apparemment, le savoir-vivre fait partie des choses que l'argent ne peut pas acheter.

— Je suis un ami de Jen. Un copain d'école.

— *Je ne l'ai jamais entendue parler d'un certain Wyatt*, fait-elle, même si je ne me suis pas présenté.

Je ne lui ai pas dit non plus que je m'appelais Wyatt. Ce n'est pas mon nom, d'ailleurs. C'est celui de Billy.

L'afficheur! Elle a regardé le numéro. Mais cela ne lui donne pas pour autant le droit de filtrer les appels. Jen n'est plus un bébé. Elle peut choisir elle-même à qui elle veut parler.

— Écoutez, est-ce qu'elle est là, oui ou non?

— *Qui est-ce, Margaret?* fait une voix en arrière-plan.

Je reconnais le père de Jen. Il est associé à un gros cabinet d'avocats de Bay Street.

— *Elle est occupée*, me dit la mère de Jen.

Je l'imagine en train de sourire d'un air mauvais, comme Cruella DeVil ou la méchante, la très méchante marâtre de Blanche-Neige.

— *Qui est occupée?* demande une autre voix, féminine celle-là.

J'ai envie de hurler dans le combiné pour attirer l'attention de Jen, mais c'est impossible. Je raccroche. Quelques secondes plus tard, le téléphone sonne. Jen, peut-être?

Je décroche.

— *Qui êtes-vous?* demande une voix, encore celle de la mère de Jen. *Et pour quelle raison appelez-vous ma fille?*

Je coupe la communication, mais le téléphone se remet aussitôt à sonner.

Bon sang, comment Jen fait-elle pour supporter des parents pareils?

CHAPITRE TROIS

Lundi matin. J'ai à peine mis le pied dans la classe que M. Morrison, mon professeur principal, brandit un doigt dans ma direction.

— Monsieur Gianneris veut te voir dans son bureau! Immédiatement!

M. Gianneris est le directeur adjoint. Il m'indique une chaise d'un geste dès que j'arrive dans son bureau. Je jette un coup d'œil à la photo de sa femme et de ses enfants qui trône sur son bureau à la vue de tout le monde. Je me demande à quoi ressemblent les directeurs adjoints quand ils ne sont pas à l'école en train d'engueuler les élèves. Se livrent-ils à un rapide lavage de cerveau une fois leur journée finie? Ou engueulent-ils leurs enfants chez eux comme ils engueulent les élèves à l'école? Pour ma part, je trouve que M. Gianneris ressemble au personnage du père dans l'un des films préférés de ma mère, *La Mélodie du bonheur*: « En rang par deux et au pas de marche jusqu'au réfectoire pour le déjeuner, Maria! Et pas avant de subir l'inspection! »

Derrière son bureau, il me dévisage d'un air grave. C'est une tactique censée m'intimider ou me soutirer une confession. Puis il ouvre une chemise, jette un coup d'œil à l'intérieur et me demande si je sais pourquoi il m'a convoqué. Je réponds que je l'ignore.

— Vraiment? fait-il en me gratifiant de son regard du directeur adjoint le plus noir.

Je pourrais toujours faire le malin, mais à quoi bon. Je suis déjà dans le pétrin, et provoquer Gianneris ne fera que l'inciter à doubler la punition qu'il m'a déjà réservée.

— C'est à propos du cours d'histoire, n'est-ce pas?

— Disons plus exactement que c'est pour avoir manqué le cours d'histoire, m'informe-t-il en baissant à nouveau les yeux sur mon dossier. En fait, pour avoir manqué tous les cours de vendredi.

Bla, bla, bla. Conclusion: une semaine de retenue.

— De quinze heures trente à seize heures trente tous les après-midi de la semaine, Mike, précise-t-il. À partir d'aujourd'hui.

Pour aujourd'hui, ça ne pose pas de problème. Mais les autres jours? Je songe à toutes les heures de travail que M. Scorza vient de m'accorder et à la bonne opinion qu'il a de moi. Comment pourra-t-il me considérer comme un bon travailleur si je pointe avec quarante-cinq minutes de retard parce que j'ai écopé d'une semaine de retenue?

— Mais je travaille après les cours, quatre jours par semaine.

— Tu aurais dû y penser avant de prendre congé de l'école sans autorisation, réplique le directeur adjoint.

Il ne lève même pas les yeux du billet de retenue qu'il est en train de rédiger.

C'est le moment de prendre une décision. J'ai trois options. Je peux souffrir en silence, purger mes heures de retenue et probablement perdre mon emploi. Ce serait bien ma chance! Je peux aussi expliquer la situation à M. Gianneris, le supplier à genoux, si c'est ça qu'il faut, pour lui faire comprendre ce qui est exactement en jeu et à quel point je tiens à cet emploi. Je trouve cette option humiliante. M. Gianneris ne m'aime pas. Cela m'étonnerait qu'il m'accorde une autre chance. Enfin, je peux simplement manquer les heures de retenue tout comme j'ai manqué mes cours. Mais cela me vaudra à tout coup une suspension, ce qui me permettra bien sûr de travailler, mais mon dossier scolaire risque de ne pas s'en remettre. Je le regarde remplir le bout de papier.

— Monsieur?

C'est le mot magique, comme si j'avais dit «Sésame, ouvre-toi». Il lève les yeux vers moi.

— Écoutez, je sais que j'ai fait une bêtise, dis-je.

Je n'ai pas à me forcer pour avoir l'air sincère. Cet emploi compte plus pour moi que pratiquement n'importe quoi d'autre.

— Je viens juste d'obtenir ces heures de travail après l'école et je suis censé commencer à seize heures du mardi au vendredi. C'est vraiment important pour moi. Je vais faire mes heures de retenue, Monsieur Gianneris. Je pourrais les faire cinq lundis d'affilée à la place. Et je vous promets que je ne manquerai plus mes cours. Si jamais ça arrive une autre fois, vous pourrez faire ce que vous voulez. D'accord?

Je me tais et retiens mon souffle.

M. Gianneris me dévisage pendant une minute qui me semble durer une éternité. J'ignore si c'est le fait d'apprendre que j'ai un emploi ou le fait que je lui demande une faveur qui lui donne cet air si surpris. Puis la surprise cède la place à la méfiance. Enfin, je lis sur ses traits la même expression que celle qu'arborait Vin quand nous avions commencé à étudier la reproduction humaine dans le cours de sciences naturelles de sixième année: une vive curiosité.

— Où travailles-tu? me demande-t-il.

Je lui explique.

— Du mardi au vendredi?

— Et toute la journée de samedi.

— Je peux téléphoner pour vérifier, tu sais.

J'ai le cœur qui bat la chamade.

— Le gérant du magasin s'appelle Monsieur Scorza. Cela fait presque un an que je travaille pour lui le vendredi soir et la journée de samedi.

— Cinq lundis de suite plutôt que tous les après-midi de cette semaine, énonce lentement M. Gianneris comme s'il n'était pas encore tout à fait convaincu. Mais travailler est une bonne école, ajoute-t-il. On acquiert le sens des responsabilités.

Il me dévisage encore.

— Es-tu un bon employé?

Il baisse les yeux sur le billet de retenue qu'il vient de remplir. Finalement, il le froisse avec lenteur et expédie la boule de papier dans la corbeille bleue de recyclage près de la porte. Il ouvre le tiroir de son bureau et en extrait un autre formulaire.

— Tu n'as pas intérêt à me faire faux bond, Mike. Et je compte bien parler à ton employeur.

Je n'arrive pas à y croire. Il vient de m'accorder une seconde chance. D'abord, M. Scorza accepte d'allonger mon horaire de travail et, à présent, M. Gianneris me permet de conserver cet emploi. Je n'ai jamais eu autant de chance dans toute ma vie.

— Je vous remercie, Monsieur Gianneris.

Quand ai-je déjà dit merci à un directeur adjoint ? Probablement jamais.

Je passe tout le reste de la journée à jeter des coups d'œil derrière moi. Je me demande comment ça va se passer avec Riel demain, ou même aujourd'hui si jamais j'ai le malheur de tomber sur lui. J'ai idée que ça risque d'être plus corsé avec lui qu'avec Gianneris. J'ignore pourquoi j'en suis convaincu. J'en arrive même à penser que ce serait peut-être judicieux de faire ce fichu devoir. Je pourrai toujours lui brandir sous le nez, ce qui faciliterait peut-être les choses.

Mais comment trouver le temps de faire un devoir en retard quand vous passez la journée en classe et que vous sortez de chaque cours avec un nouveau devoir à rendre à une date précise ?

D'accord, j'aurais pu aller à la bibliothèque ce midi et avancer un peu. Ou rentrer directement à la maison après mon heure de retenue et ne pas en bouger avant d'avoir produit le nombre de mots requis. Mais Vin m'attend à la sortie comme promis, dans le terrain de stationnement de l'école. Lui et Sal descendent au centre-ville parce qu'il y a des soldes chez HMV et ils veulent que je les accompagne et, bien entendu, j'accepte l'invitation. Nous avons à peine mis le pied sur le trottoir quand j'entends quelqu'un m'appeler. C'est Jen. Vin lève les yeux au ciel.

— Bon, je suppose qu'à présent, tu ne viendras pas avec nous.

Je hausse les épaules et m'approche de Jen. Elle a une pile de livres de la bibliothèque de l'école sous le bras. J'aperçois du coin de l'œil Vin et Sal qui restent plantés sur le trottoir. Ils attendent.

Les yeux verts de Jen sont aussi durs que des émeraudes.

— Tu as appelé chez moi ? lance-t-elle comme si j'étais au banc des accusés et qu'elle voulait me faire avouer un crime grave.

— Ouais, j'ai appelé. Et alors ?

— Pourquoi ?

Je n'ai rencontré son père qu'à deux reprises, mais c'est soudain à lui que je pense. Jen et lui se ressemblent comme deux gouttes d'eau. Et elle a ce même ton sec d'avocat.

— J'avais envie de te parler, Jen. Pour quelle autre raison l'aurais-je fait ?

— Tu n'es pas censé appeler chez moi.

C'est l'image de sa mère qui me traverse maintenant l'esprit. Jen tient de ses deux parents et s'arroge le droit de me dire ce que je peux et ne peux pas faire. Pour qui se prend-elle ?

— Tu me manquais. Je voulais simplement te dire bonjour.

— Ouais, eh bien, ma mère a piqué une vraie crise. *Qui est ce Wyatt ? Pourquoi t'appelle-t-il ?*

— Lui as-tu dit ?

— Non !

À croire qu'elle regrette de ne pas l'avoir fait. La moutarde me monte au nez.

C'est vrai que je n'ai pas rencontré son père dans les meilleures circonstances. Mais je lui avais présenté mes excuses pour ce qui s'était passé. Et ce n'est pas parce que je m'y sentais obligé. J'étais réellement désolé. Si j'avais su que la bicyclette appartenait au père de Jen, je ne m'en serais jamais approché. Et de toute façon, ce n'est pas moi qui l'ai volée. J'ai simplement aperçu la bicyclette et j'ai remarqué qu'elle n'était pas bien cadenassée. Quand on possède un vélo aussi coûteux, on fait un peu plus attention quand on le laisse dans la rue. J'ai simplement remarqué que le cadenas avait quelque chose de bizarre et je l'ai secoué un peu pour m'apercevoir qu'il n'était pas verrouillé. Ce sont les deux autres, des gars plus vieux qui traînaient par là, qui ont volé la bicyclette. Ce n'étaient même pas des copains à moi. Ils l'ont piquée, mais le père de Jen a prétendu que je les avais aidés, si bien que lorsqu'ils ont déguerpi, je me suis retrouvé dans le pétrin. Il faut dire qu'il n'a jamais pu récupérer son vélo. Il faut dire aussi qu'il pourrait s'acheter cinquante vélos comme ça n'importe quel jour de la semaine.

Mais Jen ne m'a pas laissé tomber. Elle m'a dit qu'elle me faisait confiance. Par contre, elle m'a fait promettre de ne jamais appeler chez elle parce que cela risquait de mettre ses parents en colère. Sauf que maintenant, on dirait qu'elle a honte de moi ou quelque chose comme ça. Pourquoi ne dit-elle pas à sa mère de se mêler de ses oignons?

— Alors, insiste Jen. Vas-tu t'excuser?

— Pour quelle raison? Ce n'était qu'un coup de téléphone…

— Nous avions des invités.

Bon sang, pourquoi est-elle si en colère?

— Elle m'a cuisinée pendant vingt minutes. Je voyais bien que son amie était mal à l'aise. Et le pauvre Patrick se demandait bien ce qui se passait.

— Patrick?

— Le fils de l'amie de ma mère. Il vient juste d'entrer dans un collège privé ici. C'est pour cette raison que sa mère était en ville. Je te l'avais dit que je devais m'occuper de lui et le distraire.

— Tu m'as dit que tu devais t'occuper d'une fille. Et tu ne m'as jamais dit qu'*elle* s'appelait Patrick.

Ses joues passent du rose au rouge tomate.

— J'ai pensé que ça ne te plairait pas de savoir que j'allais sortir toute la soirée avec un autre gars, dit-elle.

Elle a raison. Mais ce qui me fâche encore plus, c'est qu'elle ne m'ait pas suffisamment fait confiance pour me le dire.

— Mike, il faut que mes parents me laissent un peu tranquille. Je n'ai pas besoin qu'ils me surveillent tout le temps. Ne m'appelle plus à la maison, d'accord ?

— Mais ça ne les dérange pas que Patrick t'appelle, lui.

Elle ne répond pas, d'ailleurs son silence est éloquent. Je ne lui fais pas de scène. Je ne me mets pas à crier. Sans un mot, je tourne les talons et vais rejoindre Vin et Sal. Et je flanque en passant un bon coup de pied dans la por-tière avant d'une auto, probablement l'auto d'un prof, assez fort pour déclencher le signal d'alarme. Je détale si vite que Vin et Sal me rattrapent presque un pâté de maisons plus loin.

Billy n'est pas à la maison quand je rentre, mais un miracle s'est produit : il y a quelque chose dans le frigo. Autre chose que de la bière. Un paquet de saucisses à hot-dog, ainsi qu'un sac en plastique contenant huit petits pains frais. Sans compter un pain, un contenant de salade de chou, une douzaine d'œufs, un paquet de bacon non entamé, un litre de lait, deux oranges et une tarte aux pommes d'une boulangerie industrielle. Un petit mot avec l'écriture de Billy est collé sur la porte du réfrigérateur : « Mike, regarde dans le congélateur. » J'ouvre la porte. Un pot de crème glacée trône au centre du compartiment. Et c'est une marque de qualité, pas de la camelote. Je ne peux m'empêcher de sourire. On pourrait remplir un livre de recettes avec tout ce que Billy ignore en matière de nutrition. Mais il fait son possible. De temps en temps, du moins.

Je fais frire du bacon et prépare deux œufs miroir que je dépose ensuite sur une tranche de pain grillé. Je les couvre de bacon et d'une autre tranche de pain. Je pose le tout sur une assiette, accompagné d'une généreuse portion de salade de chou, et j'emporte mon souper et un grand verre de lait dans le salon. J'allume la télé et je me cale dans le fauteuil inclinable de Billy.

J'avale la dernière bouchée de mon sandwich et je fais descendre le tout avec le reste du lait quand j'entends frapper à la porte. Probablement un de ces vendeurs ambulants ou des types d'une secte religieuse qui font du porte-à-porte. Mais il y a aussi une toute petite chance que ce soit Jen qui vienne me présenter des excuses, et c'est ce qui m'incite à me relever. Je ne suis pas encore debout quand j'entends la porte à moustiquaire s'ouvrir. Heureusement que la maison n'est pas une banque. J'ai oublié de fermer à clé. Je n'ai même pas pensé à fermer la porte intérieure.

— Il y a quelqu'un? lance une voix.

Je pose mon assiette et mon verre sur le plancher, passe la tête dans l'entrée et pousse un grognement à la vue du visiteur.

— Eh bien, bonsoir, McGill, fait Riel.

— Qu'est-ce que vous fabriquez ici?

Les professeurs ont-ils le droit de faire une chose pareille? Ont-ils le droit de se pointer comme ça chez vous? N'y a-t-il pas une loi qui l'interdit?

Riel fait un pas dans l'entrée en laissant la porte à moustiquaire claquer derrière lui, comme si je l'avais invité à entrer, ce qui n'est pas le cas.

— Je t'ai cherché toute la journée, McGill.

Il arbore une sorte de sourire en coin, mais il y a quelque chose derrière ce sourire, et un éclat dans ses yeux, qui m'incitent à penser qu'il n'a pas envie de rire, en tout cas pas vraiment.

— Veux-tu savoir pourquoi? reprend-il.

Je hausse les épaules. Je n'ai qu'une seule envie, c'est qu'il s'en aille. Je n'arrive même pas à croire qu'il soit ici, dans l'entrée de ma maison, à me regarder tout en inspectant les lieux.

— Il semble que ce ne soit pas une procédure régulière au Collège d'Eastdale d'envoyer en plein milieu de la journée des élèves aller chercher chez eux un devoir oublié. Madame Rather et Monsieur Gianneris, tu les connais, n'est-ce pas ?

Pour les connaître, je les connais ! Madame Rather est la directrice.

— Ils pensent que si on envoie des élèves — disons *certains* élèves — à l'extérieur de l'école pendant les heures de classe en comptant sur eux pour qu'ils reviennent, cela équivaut à leur donner congé pour la journée. Et visiblement, ça ne leur plaît pas.

— Ils vous ont collé une retenue, à vous aussi ?

Riel grimace un sourire comme si j'avais fait une bonne blague.

— Oui, quelque chose comme ça. Je me suis fait taper sur les doigts, ça, c'est sûr.

Il plonge son regard dans le mien. Il ne cligne pas une fois des paupières et ses yeux ne me quittent pas, ne serait-ce qu'une fraction de seconde, comme s'il voulait me percer à jour. J'ai envie de regarder ailleurs, mais si je le fais, je suis sûr qu'il va lire dans ce geste de la nervosité ou de la peur, et je ne tiens pas à lui donner ce plaisir.

— Ton devoir est prêt ? demande-t-il.

Hé, minute ! Les profs ne peuvent quand même pas arriver chez vous après l'école pour réclamer les devoirs que vous deviez leur remettre !

— Euh… je…

— Quoi, McGill ?

J'entends un bruit de pas sur le perron et Billy apparaît dans le cadre de porte. Dan et Lew l'accompagnent. Il y a aussi Carla, la petite amie de l'heure de Billy, et une autre fille que je ne connais pas.

— Salut, Mikey ! Qu'est-ce qui se passe ?

Il essaie de lire mon expression avant de se tourner vers Riel.

— Qui êtes-vous, et qu'est-ce que vous fabriquez chez moi ? demande-t-il.

Il se dresse sur ses ergots comme s'il voulait se mettre au niveau de Riel, même s'il ne pourra jamais y parvenir. Billy est un gars de taille moyenne et il essaie de paraître plus grand en portant des bottes à talons compensés. Mais qu'il le veuille ou non, Riel aura toujours l'avantage sur lui.

— Je suis un des professeurs de votre neveu, répond Riel.

Attends un peu ! Comment peut-il savoir que Billy est mon oncle ? La plupart des gens le prennent pour mon grand frère.

— Ah ouais ? fait Billy. Et alors ?

Il regarde attentivement Riel en fronçant les sourcils. On dirait à son expression qu'il a déjà rencontré Riel, mais qu'il a de la difficulté à se rappeler qui il est.

— Mike a fait l'école buissonnière vendredi, reprend Riel. Étiez-vous au courant?

— Non, répond Billy d'un ton aussi lugubre que celui de Riel.

Mais il se tourne vers moi et me fait un clin d'œil.

—Dites-moi si je me trompe, Monsieur Wyatt…

Il sait donc que Billy et moi ne portons pas le même nom de famille, mais cela ne me surprend plus. J'ai deviné. Il a dû fouiller dans les dossiers de l'école. Il a dû lire tous les renseignements contenus dans le mien.

—C'est à vous de veiller à ce que Mike fréquente l'école tous les jours, n'est-ce pas?

Billy se renfrognait toujours quand maman lui faisait la leçon. Il n'apprécie pas plus la chose de la part d'un prof quelconque. Il fait un pas vers Riel. J'ai l'impression qu'il essaie de l'intimider.

—Dites donc, Monsieur… Monsieur qui, au fait?

— Riel. John Riel.

À lire les expressions qui se succèdent sur le visage de Billy, je peux pratiquement voir son cerveau fonctionner: il entend le nom —

aucune réaction —, puis le nom en question chemine dans les méandres de sa mémoire pour enfin atteindre sa conscience. Son regard s'éclaire soudain et les muscles autour des yeux et de la bouche se contractent. Il n'a plus du tout l'air furieux, ni à deux doigts de montrer la porte au professeur d'histoire sans autre cérémonie. Non, il a l'air surpris. Il fait un pas pour examiner plus attentivement Riel. Puis, lentement, il se met à hocher la tête. Et la surprise cède la place à l'amusement.

— Ouais, lâche-t-il. Ça y est, j'y suis. Eh bien, nous avons la situation bien en main ici, *Monsieur* Riel, ne vous faites pas de souci. À présent, si cela ne vous fait rien, j'ai eu une dure journée de travail et je n'ai pas encore soupé.

Il lui indique la direction de la porte d'un signe de tête.

Riel ne bouge pas d'un pouce. Il se tourne vers moi.

— Que penserait ta mère si elle savait que tu négliges tes devoirs et que tu fais l'école buissonnière?

Il ne s'attend pas à une réponse de ma part, ce qui me convient parce que je n'ai aucune intention de lui en fournir une.

— Je veux cet essai sur mon bureau à la première heure demain, c'est compris? Et si je ne l'ai pas, je te mettrai en retenue — et c'est moi qui choisirai le moment, pas toi.

Avant que je puisse répondre — à supposer que je doive lui répondre —, Billy contourne Riel et ouvre la porte à moustiquaire.

— O.K., dit-il. C'est assez. Sortez!

Riel ne me quitte toujours pas des yeux.

— Je compte sur ce devoir, insiste-t-il avant de sortir.

Il tourne les talons et passe à côté de Billy. Il ne va pas jusqu'à l'écarter carrément de son chemin, mais il prend tellement de place que Billy n'a d'autre choix que de s'aplatir contre le mur pour le laisser passer. Dan et Lew, en revanche, ne s'écartent pas aussi vite que lui. J'ai l'impression pendant quelques secondes qu'ils vont déclencher une bagarre. Ils se prennent tous les deux pour de vrais durs, comme Billy. Ils se pensent si *cool*. Il y a des moments où j'ai vraiment envie de rire.

Riel s'arrête. Il ne prononce pas un mot, mais j'ai l'impression qu'il leur sert un de ses pires regards de prof, car Dan et Lew reculent jusqu'au perron. Riel franchit le seuil sans un regard derrière lui, descend les marches et se dirige vers le trottoir. Billy le regarde disparaître. Il s'esclaffe lorsque Dan et Lew entrent dans la maison.

— Merci de m'avoir soutenu, les gars!

Dan hausse les épaules.

— On n'a plus les profs qu'on avait, dit-il. On aurait dit que ce type pouvait vraiment te faire passer un mauvais quart d'heure.

Lew acquiesce d'un signe de tête.

Billy se tourne vers moi en hochant la tête d'un air admiratif.

— Bon sang, Mikey, dans quel pétrin t'es-tu fourré à l'école pour qu'ils envoient les profs ici surveiller ce que tu fais ?

— Il te connaît, Billy. Et tu le connais aussi. Comment ça se fait ?

— C'est un policier, répond Billy. *C'était* un policier.

Il se met à rire.

— Quand je pense qu'il est prof d'école à présent. Qu'est-ce qu'il enseigne ? L'éducation physique ?

— L'histoire. Quel genre de policier ?

— Est-ce qu'il reste de la crème glacée, Mikey ?

Je hoche la tête et suis Billy jusqu'à la cuisine. Dan, Lew et les deux filles s'installent dans le salon.

— Quel genre de policier, Billy ?

— Inspecteur. Brigade des homicides.

Il ouvre le compartiment congélateur et en sort le pot de crème glacée qu'il pose sur le comptoir.

— J'ai entendu dire qu'il avait pris sa retraite, ajoute-t-il.

— Hé, Billy ! Amène-toi et apporte de la bière !

C'est la voix de Dan. Il n'arrête pas de donner des ordres à tout le monde. Mais toujours avec le sourire, si bien que vous avez envie de faire ce qu'il vous commande.

— Ouais, j'arrive ! lance Billy. Laisse-moi une minute pour parler au petit.

Il sort quelques bières du réfrigérateur.

— Bon sang, dire que ce type enseigne à présent ! répète-t-il en riant.

Il fait sauter le couvercle du contenant de crème glacée et se met à manger à même le pot.

— Comment se fait-il que tu le connaisses ?

— Tu ne l'as pas reconnu, Mikey ?

— Moi ? Pourquoi l'aurais-je reconnu ?

Billy sort une seconde cuiller du tiroir et me la tend.

— Riel s'est occupé de l'enquête après la mort de Nancy, me dit-il.

Je plonge ma cuiller dans le pot, même si je n'ai pas faim. Je n'ai pas envie de penser à la police ni à ma mère ni au chauffard qui l'a tuée et s'est enfui en la laissant agoniser dans la rue. Et non, je n'ai pas reconnu Riel. Je ne l'ai pas reconnu ou je n'ai pas voulu le reconnaître.

Billy engloutit presque toute la crème glacée, puis empoigne les bouteilles de bière et les apporte dans le salon. Quelqu'un hausse la stéréo à plein volume. La fête commence.

Je sors sur le perron avec mon sac d'école. Bon, je peux attaquer mon devoir d'histoire ou faire autre chose. J'ai aussi un devoir de maths, et ma prof de maths — je la connais pour l'avoir eue l'an passé — nous donne des exercices supplémentaires quand on ne remet pas notre devoir à temps. J'ai en plus un compte rendu de travaux pratiques en sciences. Je regarde les maisons défraîchies d'en face. C'est étonnant comme les rues peuvent être différentes. Un pâté plus loin, les maisons sont bien entretenues, les murs repeints et les briques bien jointées. Vous tournez un autre coin de rue et les maisons qui font face au parc sont encore plus vastes et flanquées d'automobiles plus récentes et plus luxueuses. Mais ma petite rue à moi? Une rue miteuse, des maisons aux peintures écaillées, aux perrons branlants et aux pelouses pelées pendant tout l'été. J'essaie de me convaincre que je m'en moque.

Riel a demandé un essai de cinq cents mots sur le rôle de l'immigration dans la construction du Canada. «Vous trouverez toute l'information voulue au chapitre II, a-t-il dit. Mais ne vous avisez pas de recopier ne serait-ce qu'une phrase. J'ai passé l'été à lire ce manuel et je le connais par cœur!»

Cinq cents mots. Deux pages entières. J'ouvre mon manuel et tente de me concentrer. Mais la seule chose qui me trotte dans la tête, c'est le fait que Riel a été policier. Il a enquêté sur les circonstances de l'accident. Il sait qui je suis parce qu'il m'a rencontré après la mort de ma mère. Peut-être est-il même venu à la maison. Il a dû venir, puisqu'il m'a reconnu. Mais je ne m'en souviens pas. Je n'ai guère de souvenirs des journées qui ont suivi la mort de maman, à part le fait d'avoir été au salon funéraire avec Billy. Je me rappelle avoir regardé dans le cercueil, même si Billy ne voulait pas que je le fasse.

— Tu risques de faire des cauchemars, Mikey.

Mais j'ai regardé quand même et il a fait la même chose. Il a posé la main sur la joue glacée de maman. Moi, je ne l'ai pas touchée. Je l'ai seulement regardée. Cela n'avait rien d'effrayant. Ce n'était pas tout à fait elle, mais ça lui ressemblait assez pour que je me mette à pleurer, d'abord en silence pour me conduire comme un homme, comme me l'avait demandé Billy. Jusqu'à ce que je prenne conscience que même si elle avait l'air de dormir, elle ne dormait pas vraiment. Jamais plus elle n'ouvrirait les yeux. Jamais plus elle ne poserait son regard sur moi, m'embrasserait ou me préparerait du poulet frit. Tout à coup, mes épaules se sont soulevées et je me suis mis à sangloter — de gros sanglots qui montaient du plus profond de moi et qui me secouaient de la tête aux pieds.

Je garde quelques souvenirs des jours qui ont suivi les obsèques. Je me rappelle le silence de la maison parce qu'on n'entendait plus maman fredonner en entrechoquant ses casseroles ou en passant l'aspirateur. S'il y avait une chose qu'elle ne pouvait pas tolérer, c'était la poussière. Les odeurs de la maison ont changé depuis — évanouis le parfum de ses crèmes pour les mains et le visage, celui de son eau de Cologne. Disparu l'arôme du poulet rôti ou du pain de viande cuisant dans le four. Finies les odeurs de tartes ou de biscuits maison. Je me souviens du désordre aussi, sans maman pour ramasser toutes les choses qui traînaient et les ranger à leur place dans les garde-robes, les tiroirs ou les armoires. Je me souviens d'avoir vu Billy et Kathy fouiller dans les affaires de maman, mettre ses vêtements dans des sacs à poubelle et empiler ceux-ci dans l'auto de Billy pour aller les porter à l'Armée du Salut. Je me souviens de Billy qui fouillait dans le tiroir de sa commode où elle gardait ses affaires précieuses — nos extraits de naissance, les polices d'assurance, une photo de mon père, les quelques bijoux qu'elle possédait. Je me souviens de nombreux va-et-vient dans la maison. Kathy passait beaucoup de temps chez nous, jusqu'au jour où Billy lui a fait une scène — une de plus — parce qu'elle était arrivée en retard pour me garder et qu'il avait dû l'attendre alors qu'il avait un rendez-vous. Il avait fait tout un esclandre ce soir-là et Kathy n'est jamais revenue. Je me souviens des amies de ma mère qui venaient en visite. Elles apportaient presque toujours des choses à manger. Je me souviens de deux ou trois d'entre elles, assises dans la cuisine avec Billy en buvant du café et en parlant à voix basse, et je me rappelle que Billy était toujours d'humeur massacrante après leur départ.

— Qu'est-ce que t'en penses ? m'avait-il demandé après une de leurs visites. Veux-tu que je te place dans une famille *convenable*, ou préfères-tu rester avec moi ?

Qu'il ait seulement pensé à me poser la question m'avait laissé sans voix. Et j'ai fondu en larmes encore une fois, persuadé que Billy ne voulait pas de moi, et Billy s'est mis à me taquiner en disant que si je me conduisais comme une fille, il allait se débarrasser de moi à coup sûr. Puis, je ne sais pas trop pourquoi, il a soudain cessé de se moquer de moi et il m'a pris dans ses bras — pas comme s'étreignent parfois les gars, non. Il me serrait vraiment contre lui.

— Hé, Mikey! Je blaguais, tu sais. Nous sommes comme deux frères, pas vrai? Je ne te lâcherai jamais. Jamais!

Il se peut que des policiers soient venus à la maison aussi. Peut-être que les deux ou trois soirs où Billy se tenait dans la cuisine à boire du café en parlant à quelqu'un à voix basse, le quelqu'un en question était un policier. Mais si c'était le cas, jamais il ne m'en a parlé, et jamais la police n'a retrouvé le chauffard qui a renversé maman et l'a abandonnée en plein milieu de la rue.

Je regarde fixement mon manuel d'histoire. «Que penserait votre mère si elle savait que vous négligez vos devoirs et que vous faites l'école buissonnière?» m'avait demandé Riel.

Ça ne lui plairait pas, ça, c'est sûr. Elle n'apprécierait pas la façon dont les choses se passent dans ma vie — et surtout pas mes notes et les commentaires qui les accompagnent: *Pourrait faire un effort. Devrait s'appliquer davantage. Devrait se montrer plus attentif.*

Et après? Elle n'est plus ici et je me moque bien de l'école. Ça ne sert à rien. L'histoire, c'est du passé, pas vrai, alors pourquoi s'en préoccuper? Et à quoi pourront me servir l'algèbre et la géométrie dans la vie? Et la chimie? Et à quoi ça rime d'apprendre le français? Comme si je comptais aller un jour m'installer au Québec ou dans un pays francophone. Alors, à quoi bon?

En attendant, je n'ai pas besoin d'ennuis supplémentaires. Pas si tôt dans l'année. Et j'ai beau savoir que je ne deviendrai jamais neuro-chirurgien, je n'ignore pas qu'il faut avoir un diplôme d'études secondaires aujourd'hui. J'ai entendu dire que même dans l'industrie automobile, ils en exigent un. Et dans certains métiers, ils exigent encore plus. L'école secon-daire, c'est peut-être la même chose que les légumes. «Tu n'as pas à *aimer* les brocolis, Michael, me disait maman, mais tu dois en manger.» Tu dois en manger parce que c'est bon pour toi. Tu dois terminer ton secon-daire si tu ne veux pas passer le restant de tes jours à remplir les rayonnages à l'épicerie de M. Scorza.

J'entreprends de lire le maudit chapitre du manuel et j'aligne les cinq cents mots exigés, en les comptant soigneusement et en ajoutant quelques *par conséquent* et quelques *pour cette raison* pour faire bonne mesure. Je range mon essai dans mon manuel d'histoire et m'apprête à attaquer mon devoir de maths quand j'entends soudain quelqu'un siffler. C'est un sifflement bien particulier, comme le trille d'un oiseau. Celui de Vin.

Je l'aperçois en compagnie de Sal sur le trottoir. Je pose mon manuel de mathématiques et vais les rejoindre.

— On se disait que tu avais besoin de te faire remonter le moral, lance Vin. Viens!

Je me retourne vers le perron de la maison. Je songe à ma prof de maths et aux exercices supplémentaires auxquels je vais avoir droit si jamais je me pointe au cours sans avoir fait le devoir. Et j'entends alors la musique du groupe Rush qui sort à plein volume de la fenêtre ouverte. *Roll the bones. Take a chance.*

— Attendez-moi une seconde!

J'entre en trombe dans la maison et je hurle à l'intention de Billy que je sors un moment. Je ne sais pas s'il m'entend ou non. De toute façon, il s'en fiche probablement.

Nous nous dirigeons d'abord vers le parc. Il y a beaucoup de jeunes — des grands, des élèves de notre école et ceux de l'école catholique située juste à côté du parc. Quelques gars jouent au basket dans le noir. Un groupe de filles se tient en périphérie, surveillant les alentours. Elles écoutent la musique sur un *boom box* et quelques-unes semblent danser. Il y a un autre groupe de jeunes sur le terrain de jeu — des filles sur les balançoires, d'autres qui dévalent en piaillant les toboggans pour les enfants, un gars et une fille sur une bascule, la fille maintenue la plupart du temps dans les airs.

Nous traînons un moment dans le coin jusqu'à ce qu'une auto-patrouille emprunte la rue qui traverse le parc. Les résidants des maisons qui bordent le parc ont dû se plaindre du bruit. Ils se plaignent tout le temps.

Nous suivons un sentier qui passe sous la voie ferrée et marchons tout un moment jusqu'au 7-Eleven. Vin a un peu d'argent. Nous achetons des boissons gazeuses et rebroussons chemin en direction de l'avenue Danforth. Il est près de minuit, mais nous n'avons pas envie de rentrer.

— Hé! fait Vin.

Il s'arrête et tend le bras pour me bloquer le passage.

— Regarde-moi ça! ajoute-t-il.

Le «ça» en question est un camion de livraison. Celui d'une boulangerie garé dans une rue adjacente au sud de Danforth. La porte arrière est grande ouverte. Vin s'approche et jette un coup d'œil à l'intérieur. Je le suis à distance en regardant autour de moi pour vérifier s'il n'y a personne aux alentours, parce que si quelqu'un nous observe, il risque de penser que nous avons l'intention de piquer quelque chose, ce qui n'est pas le cas. En tout cas, en ce qui me concerne.

— Regarde-moi tout ce qu'il y a là-dedans! chuchote Vin.

Des plateaux de carton remplis de paquets de deux petits gâteaux fourrés — au chocolat, à la vanille, à la fraise, et des beignets. Des paquets de brownies et de biscuits aux brisures de chocolat. Et puis des gâteaux au café et au citron, des tartes au citron ou au beurre. Il y a des gâteaux des anges et des gâteaux du diable! Il y a des tartelettes aux pommes et aux cerises et des gâteaux glacés au chocolat et fourrés de crème.

Vin inspecte le trésor, puis recule de quelques pas et balaie les alentours du regard.

— Où est passé le chauffeur, à votre avis?

Quelle importance? Tout est calme dans la rue où est garé le camion et c'est aussi tranquille sur l'avenue Danforth. De la musique s'échappe d'un bar en bas de la rue, mais tous les magasins du coin sont fermés.

— Il est peut-être allé pisser, suggère Sal.

Vin inspecte encore les alentours. Et soudain, avant que j'aie compris ses intentions, il grimpe d'un bond dans le camion.

— Attrape! fait-il en lançant un plateau à Sal.

Nerveux, je jette un coup d'œil autour de moi.

— Vin, je ne crois pas que ce soit…

Il m'expédie un autre plateau de carton. Je l'attrape par réflexe. Des petits fourrés au chocolat avec un glaçage de tortillons de vanille. Mon souper n'est plus qu'un lointain souvenir et je me mets à saliver à la vue des pâtisseries. Mon estomac commence à gronder. Je peux presque goûter ces tortillons de vanille. Mais de là à piquer tout ça…

Vin saute en bas du camion avec une troisième boîte sous le bras.

— Filons ! lance-t-il en détalant dans la rue pour disparaître dans une ruelle.

Je regarde Sal, qui examine, perplexe, la boîte qu'il tient dans ses mains. Il déguerpit à son tour sur les talons de Vin. Je reste un moment à l'arrière du camion, les yeux fixés sur les piles de plateaux à l'intérieur. Je pars en courant en me disant que personne ne s'apercevra de ce que nous avons pris. Je n'ai pas franchi un coin de rue qu'une petite voix se met à retentir dans ma tête. « Que dirait ta mère si… » On croirait entendre Riel. Je ralentis et j'expédie la boîte par-dessus une clôture de jardin.

Vin et Sal sont loin devant moi. J'accélère pour les rattraper. Nous nous faufilons dans des ruelles et de petites rues transversales — « au cas où », souffle Vin hors d'haleine — avant d'aboutir dans la cour de Vin pour évaluer notre butin. Le plateau de Vin contient des tartelettes aux pommes. Celui de Sal, des brownies. Ils semblent tous deux surpris que j'aie les mains vides.

— J'ai trébuché en descendant la rue Logan, dis-je. Le plateau est tombé.

Un mensonge.

— Retournons là-bas le récupérer, propose Vin. C'étaient des petits gâteaux fourrés.

— T'es fou ? s'exclame Sal. Et si quelqu'un nous voit ?

Nous en restons là et nous nous goinfrons de tartelettes et de brownies. Disons plutôt que Vin et Sal se goinfrent. Pour une raison que j'ignore, chaque bouchée me reste en travers de la gorge.

CHAPITRE QUATRE

Je passe au secrétariat de l'école à la première heure avec mon devoir d'histoire et demande à l'une des secrétaires de le déposer dans le casier de Riel. Plus tard, Riel entre dans la classe pour le cours en tenant mon devoir à la main. Il l'a lu et annoté. Il descend l'allée et le jette sur mon pupitre. D-moins.

— Tu aurais eu D si tu l'avais remis à temps, me dit-il.

Il ne sourit pas et je ne peux donc pas deviner s'il fait de l'ironie ou non. À vrai dire, il ne me regarde même pas. Son attention semble attirée par quelque chose à l'extérieur. Il se dirige vers la fenêtre et y reste posté si longtemps que les élèves commencent à chuchoter et à gigoter. Que se passe-t-il ? Le nouveau prof nous aurait-il oubliés pour se perdre dans un rêve éveillé ?

Il finit par se retourner et se dirige vers son bureau. Il ouvre une chemise, en extrait quelques feuillets et entame un exposé sur la colonisation de l'Ouest canadien. C'est aussi passionnant que de regarder pousser du blé. Pas de fusillades, pas de guerres indiennes ni de conflits entre éleveurs et fermiers. Absents, Wyatt Earp ou Billy the Kid. C'est tout juste s'il y a des fusils. Je cherche la meilleure position à prendre pour faire une petite sieste derrière mon manuel lorsqu'on frappe à la porte de la classe.

Riel s'interrompt en plein milieu d'une phrase. Il se dirige vers la porte, l'ouvre et sort dans le couloir un moment. À son retour, il me fait signe d'approcher. Je lance un clin d'œil à Vin et rejoins Riel.

— On te demande, me dit-il.

M. Gianneris se tient dans le couloir. Je lui adresse un sourire — il s'est montré compréhensif hier —, mais ne suis pas payé de retour.

— Viens avec moi, Mike.

Je regarde Riel, qui se contente de secouer la tête.

M. Gianneris m'escorte en silence tout le long du couloir et dans les escaliers. Il me fait entrer dans le bureau de Mme Rather. Celle-ci n'est pas seule. Deux policiers lui tiennent compagnie.

— Ces deux agents veulent te parler, Mike, déclare-t-elle.

— À quel propos ?

— Je suis l'agent Carlson, commence le plus âgé des deux policiers. Et voici l'agent Torelli. Assieds-toi, Mike.

Il m'indique une chaise et s'assoit en face de moi. L'agent Torelli se tient debout à mes côtés. Il a ouvert un calepin et griffonne déjà, même si je n'ai pas encore prononcé un mot. Plantée sur le seuil de la porte qu'elle a refermée, Mme Rather suit la scène en silence.

J'attends toujours qu'on réponde à ma question.

— En quelle année es-tu, Mike? demande l'agent Carlson.

Je le lui dis.

— Es-tu un bon élève?

Je hausse les épaules et répète ma question.

— De quoi s'agit-il?

— Quelle est ta matière préférée? demande l'agent Carlson.

Bon sang, laissez-moi réfléchir. Matière préférée... voilà deux mots que je n'ai pas l'habitude d'associer.

— La musique, je crois.

— Tu joues d'un instrument?

Il s'efforce de jouer le gars vraiment intéressé, mais je ne suis pas dupe. Il n'est pas venu ici pour discuter de mes notes ou de mes centres d'intérêt.

— Le saxo.

L'agent Carlson sourit.

— Tu peux tirer de jolis sons d'un saxo. Joues-tu dans la fanfare de l'école?

Je secoue la tête.

— Non, mais j'ai l'intention d'en faire partie.

C'est la vérité. Les auditions sont prévues dans deux semaines. Et je compte bien me présenter.

— C'est très bien. Nous avons quelques questions à te poser, Mike, à propos d'un incident qui s'est passé cette nuit. Un vol. Tu n'es pas obligé de faire une déposition si tu n'en as pas envie. Mais si tu choisis de répondre à nos questions, sache que tout ce que tu diras pourra servir de preuve. Tu comprends?

Ils veulent m'interroger à propos d'un vol? Bon sang! Reste calme, me dis-je. Reste calme.

— Nous avons demandé à ta directrice d'appeler ton oncle. C'est lui, ton tuteur, n'est-ce pas?

Je hoche la tête.

— Tu as le droit de parler à un avocat et à ton oncle avant de répondre aux questions. Tu le comprends?

J'acquiesce d'un signe de tête. Je remarque que l'agent Torelli semble tout prendre en note dans son calepin.

— Veux-tu attendre ton oncle, Mike? Tu peux aussi choisir Madame Rather pour agir en qualité d'adulte, si tu veux. De cette façon, nous pourrions éclaircir cette affaire tout de suite. Es-tu d'accord?

Je la regarde.

— C'est à toi de décider, Michael, me dit-elle.

Je me tourne vers l'agent Carlson.

— Que voulez-vous savoir?

— Peux-tu me dire où tu étais hier soir, Mike?

Reste calme. Reste calme.

— Hier soir?

— Ouais. Qu'as-tu fait hier soir, Mike?

— Mes devoirs.

C'est la vérité, jusqu'à un certain point.

— Et où as-tu fait tes devoirs?

— À la maison.

— Et as-tu fait autre chose dans la soirée?

Je ne sais pas quoi répondre. Ils me soupçonnent sûrement parce que sinon, ils ne seraient pas là. Quelqu'un a dû nous voir autour du camion. Mais comment se fait-il que je sois le seul à me faire interroger? Vin était dans le même cours que moi. Pourquoi ne l'ont-ils pas convoqué ici, lui aussi?

— Mike? reprend l'agent Carlson. Qu'as-tu fait d'autre dans la soirée d'hier?

Qu'est-ce que je dois répondre? Qu'est-ce que je *peux* répondre?

— Allons, Mike, dit l'agent Torelli sur un ton nettement moins amical que Carlson. Facilite-toi les choses. Dis-nous exactement ce qui s'est passé.

J'entends un bruit derrière moi.

— Qu'avons-nous ici, collègues ? lance une voix que je reconnais aussitôt sans avoir à me retourner. Vous interrogez un suspect ou un témoin ? demande Riel.

L'agent Carlson se retourne aussitôt. Difficile de dire lequel, de lui ou de Riel, se montre le plus surpris.

— Salut, John. J'avais entendu dire que tu enseignais à présent, mais je ne savais pas que c'était ici.

Riel hausse vaguement les épaules.

— C'est un mineur, dit-il, parlant de moi.

L'agent Torelli se redresse vivement.

— Tu n'as rien à voir dans cette histoire, Riel.

Il a raison. Alors, que fait Riel ici ?

— Retourne donc à ton tableau et à ta craie !

— Je pense que nous avons la situation en main, John, intervient Mme Rather.

Sans prêter attention à Torelli et à la directrice, Riel regarde fixement l'agent Carlson.

— Si vous interrogez McGill, vous devez commencer par l'informer de son droit à un avocat et à la présence d'un membre de sa famille ou d'un adulte de son choix. Il a le droit…

— Calme-toi, John, réplique Carlson. On l'a informé de ses droits et il a choisi de nous parler. C'est vrai, hein, Mike ?

Riel se tourne vers Mme Rather.

— Est-ce que Mike vous a demandé d'être présente, ou vous êtes-vous proposée ?

Mal à l'aise, elle change de position.

— Nous allons procéder selon les règles, John, dit l'agent Carlson. J'ai simplement pensé faciliter les choses en commençant par un petit entretien.

Il soupire, puis se lève et pose la main sur mon épaule. Et j'apprends sans tarder que je suis en état d'arrestation pour avoir volé des marchandises dans un camion. Il me répète que je ne suis pas obligé de faire une déposition ou de dire quoi que ce soit et que j'ai le droit d'entrer en contact avec un avocat ou avec mon tuteur. Il me demande encore et encore si je comprends bien tout ce qu'il me dit. Pendant cet échange entre lui et moi, l'agent Torelli prend frénétiquement des notes dans son calepin.

Riel écoute attentivement tout ce que dit Carlson. S'il est surpris de me voir arrêté, il n'en montre rien.

— Le plus important, Mike, c'est que tu n'es pas obligé de répondre aux questions. Tu le comprends, n'est-ce pas ?

J'opine d'un hochement de tête.

— Veux-tu que j'appelle ton oncle ? ajoute-t-il.

— C'est déjà fait, lance Mme Rather d'un air mécontent.

Billy ne sera pas très content lui non plus, mais je préfère affronter la colère de Billy que celle de n'importe qui d'autre.

Les policiers m'escortent à l'extérieur de l'école et me font monter à l'arrière de l'auto-patrouille. Je jette en passant un coup d'œil vers les fenêtres de l'école. Il y a des visages collés aux vitres. Il ne faudra pas plus de cinq minutes pour que tout le monde sache que j'ai été arrêté. Jen va l'apprendre elle aussi.

Billy n'est effectivement pas ravi d'avoir dû quitter son travail. Il dit que son patron n'apprécie pas qu'on s'absente pour une raison ou une autre, en particulier quand il s'agit de bêtises d'un neveu stupide. J'ai pour mon dire que si Billy n'arrivait pas si souvent en retard parce qu'il a trop fêté la veille, son patron se montrerait plus compréhensif. Mais étant donné les circonstances, ce n'est pas le moment de le lui faire remarquer.

Billy ne semble pas très à l'aise en entrant dans le poste de police. Je ne peux pas l'en blâmer. Je ne me sens pas vraiment chez moi non plus. Ils nous font entrer dans la pièce la plus laide que j'aie jamais vue. Il n'y a aucune fenêtre et les murs sont nus. Le mobilier se réduit à trois chaises et à une petite table rangée contre le mur. On m'indique une chaise, l'agent Carlson s'assoit dans une autre tout près de moi. Billy s'installe à côté de moi et légèrement en retrait, si bien que lorsque je veux le regarder, je dois tourner la tête. L'agent Torelli est appuyé contre la table, son calepin ouvert. Les agents m'informent que l'entrevue sera enregistrée sur vidéo. Ils me disent encore une fois que j'ai le droit de ne pas répondre aux questions, mais que dans un cas comme dans l'autre, je suis toujours en état d'arrestation. Ils me disent aussi que tout ce que je dirai pourra être retenu contre moi. Ils me redemandent si je comprends bien ce que cela veut dire.

— Le petit ne devrait-il pas avoir un avocat? demande Billy.

Il a l'air fâché, probablement parce qu'il sait que toute cette affaire risque de lui coûter de l'argent.

— Si vous voulez prendre contact avec un avocat, libre à vous, lui répond l'agent Carlson.

Mais c'est moi qu'il regarde, et non Billy.

— Nous avons un témoin plutôt fiable sur ce coup, me dit-il.

Quelqu'un nous a vus. J'ai l'impression que je vais me sentir mal.

— Quel témoin? demande Billy.

— Un commerçant du quartier. Il t'a vu, Mike. Il nous a donné ton nom, nous a indiqué l'école que tu fréquentes et où tu habites. Il t'a identifié sur la photo de ta classe dans l'annuaire de l'école.

Je sens la sueur faire coller ma chemise sous mes aisselles. J'essaie de penser aux commerçants susceptibles de me connaître. Il doit y en avoir pas mal. J'ai toujours habité dans le quartier et ma mère faisait régulièrement ses courses dans les mêmes magasins. Elle connaissait même la plupart des caissières par leur nom.

— Les choses n'en resteront pas là, Mike, reprend l'agent Carlson. Ce n'est pas la première fois que la boulangerie se fait voler, et ils ont porté plainte parce qu'ils en ont assez. Pourquoi ne me racontes-tu pas simplement ce qui s'est passé lundi soir ?

J'ai envie de répondre que les chauffeurs auraient intérêt à verrouiller leur camion quand ils le laissent dans la rue. Mais je ne pense pas que ma suggestion soit très appréciée. J'ai envie de leur dire que j'ai jeté les gâteaux, que je n'en ai pas mangé. Mais quelle différence cela peut-il faire ? Je me suis enfui avec le carton. Le témoin qui m'a identifié, quel qu'il soit, a dû me voir l'emporter. J'ai même avalé une des tartelettes que Vin avait prises.

— Il vaudrait peut-être mieux que tu te taises, me dit Billy. On devrait demander conseil.

— Tu peux appeler un avocat, Mike, me dit l'agent Carlson. Tu peux exiger la présence d'un avocat. Veux-tu en discuter avec ton oncle?

Billy hoche la tête et les deux policiers sortent.

— J'aimerais seulement en finir, dis-je à Billy. Je veux rentrer à la maison.

— Ouais, mais si on pouvait montrer que ce n'est pas toi…

— Billy, quelqu'un m'a vu. Il a donné mon nom aux policiers. Comment vais-je pouvoir me disculper?

— Tu peux dire que le témoin t'a confondu avec quelqu'un d'autre.

— Mais ce n'est pas le cas…

— Bon sang, Mikey!

Au retour des deux agents, Billy déclare que nous avons décidé de ne pas faire appel à un avocat. Carlson me demande si je suis d'accord avec ce que vient de dire Billy. Puis il me demande une nouvelle fois ce que j'ai fait hier soir.

— J'ai fait mes devoirs. Et je suis sorti faire un tour.

— Où es-tu allé?

Je hausse les épaules.

— Dans le coin, dis-je en fixant le plancher. Autour du quartier.

— Et le camion de livraison? As-tu quelque chose à en dire?

Ça ne sert à rien de nier. Si j'en crois ce que m'a dit l'agent Carlson, je suis fait comme un rat.

— Nous avons vu le camion… La porte arrière était ouverte et je ne sais pas pourquoi…

C'est vrai que je ne le sais pas. Bon sang, à quoi avons-nous pu penser? Pourquoi ai-je laissé Vin grimper là-dedans? Et pourquoi ne l'ai-je pas obligé à descendre? Quand il m'a lancé ce carton, j'aurais pu le réexpédier dans le camion plutôt que de détaler en emportant mon butin.

— Tu ne sais pas? demande Carlson.

Il n'a pas du tout l'air fâché. Il est simplement curieux.

— Que s'est-il passé quand vous avez vu le camion?

— Il était rempli de gâteaux et de tartes. Nous avons pensé que ça ne se verrait pas si une ou deux boîtes manquaient.

— Et qu'as-tu fait, Mike?

— Nous avons pris quelques trucs. Nous avons seulement pris deux ou trois cartons.

— Toi et tes amis?

Je hoche la tête. Je n'arrive toujours pas à le fixer dans les yeux. Je ne peux pas regarder Billy non plus. Comment avons-nous pu croire que personne ne nous verrait ? Vin n'a même pas pris la peine de parler à voix basse.

— Et qu'avez-vous pris exactement ?

— Un carton de petits gâteaux fourrés. Un carton de brownies et un autre de tartelettes aux pommes. C'est tout.

— Trois boîtes ?

Je hoche la tête.

— Tu comprends bien qu'en nous racontant ça, tu reconnais avoir volé ces gâteaux ?

— Oui, je le comprends.

— Où peut-on trouver tes copains ?

J'ouvre la bouche pour répondre — Vin doit être en cours d'histoire à l'heure qu'il est, et Sal doit se diriger vers son cours d'espagnol — le seul où il fait des étincelles —, et soudain, tout s'éclaire. Jamais ils ne me poseraient cette question s'ils savaient qui m'accompagnait. Le témoin qui m'a identifié me connaissait, mais soit il ne connaissait ni Vin ni Sal, soit il n'a pas pu bien les voir. Si je me tais, la police ne pourra rien contre eux.

— Je n'en sais rien.

L'agent Carlson secoue la tête, sans pour autant se fâcher.

— Ils doivent être de très bons copains, pas vrai, Mike ? Tu ne veux pas les dénoncer ?

Je baisse les yeux et fixe mes souliers.

— Écoute, Mike, si tu as fait ça avec d'autres, pourquoi devrais-tu être le seul à payer ?

Je serre les lèvres.

— À ton aise, Mike. Si tu ne veux rien nous dire, c'est ton choix.

— Je ne veux plus répondre à la moindre question.

Je dois rester encore un moment avec Billy, qui commence à donner des signes d'impatience. Enfin, l'agent Carlson me tend un bout de papier en me disant que je peux m'en aller, mais que je dois promettre de comparaître au tribunal à la date indiquée sur le papier. Si je ne me présente pas, précise-t-il, je n'arrangerai vraiment pas les choses. Puis il me tend sa carte.

— Si tu changes d'avis, tu peux toujours m'appeler, me dit-il.

Je fourre la carte dans ma poche et suis Billy jusqu'au terrain de stationnement. Il a une vieille Toyota rouillée qui aurait besoin d'un séjour chez le carrossier. Je découvre en approchant de la voiture que Dan occupe le siège du passager. Lew est assis à l'arrière. Je me tourne vers Billy.

— Tu *les* as amenés avec toi?

Comme s'il ne suffisait pas que j'aie été emmené par les policiers devant toute l'école! Faut-il que le monde entier soit au courant?

— J'ai raconté à Gus que j'étais trop secoué pour conduire, répond Billy en grimaçant un sourire.

Gus est son patron.

— Lew m'a proposé de m'accompagner, ajoute-t-il. Et nous avons rencontré Dan. En plus, ce sont mes meilleurs amis et ils sont pratiquement comme des oncles pour toi.

C'est vrai.

— Et ils me soutiennent dans les moments difficiles.

Il ouvre la portière et s'installe au volant. J'attends que celle du passager s'ouvre et que Dan descende. Il secoue la tête.

— Bon sang, Mike. Tu t'es fait prendre ? Tu t'es vraiment fait pincer ?

Il se glisse sur la banquette arrière pendant que je m'installe à l'avant. Je boucle ma ceinture et Billy me donne une claque à l'arrière du crâne. Fort.

— Hé !

— Piquer des petits gâteaux ! s'exclame-t-il. Mais qu'est-ce qui t'a pris ?

— C'est vrai, Mikey. Quitte à se faire pincer, autant que ce soit pour quelque chose qui en vaille la peine, ajoute Dan.

— Seigneur, se faire prendre pour des tartelettes ! insiste Lew.

Lui et Dan se mettent à rigoler. Je suis content qu'ils trouvent ça drôle. Billy n'a pas l'air de rire, en revanche.

— Nancy en serait verte si elle était là, dit-il.

Il me tapoche encore une fois l'arrière de la tête.

— Et si tu ne veux pas donner tes copains, arrête de dire « nous » aux policiers. *Nous* avons fait ci, *nous* avons fait ça... As-tu quelque chose dans le crâne, Mikey ?

Il secoue encore la tête tandis qu'il met le contact. Nous arrivons bientôt à la maison.

— Qu'est-ce qui va se passer à présent, Billy ?

— Tu vas comparaître en cour, répond-il. On devra probablement consulter un avocat avant. Mais tu devrais t'en tirer. Tu n'as jamais fait de bêtises avant. Sauf cette histoire de vélo.

Le vélo du père de Jen. Jen croit que son père a fait un tel esclandre parce qu'il est avocat. « Il est comme ça », a-t-elle ajouté.

Le père de Jen a raconté qu'il était dans un café de l'autre côté de l'avenue Danforth quand c'est arrivé. Il a prétendu qu'il m'avait vu ouvrir le cadenas. J'aurais soi-disant pris le double de la clé chez lui, ce qui est la raison majeure pour laquelle je suis depuis interdit de séjour chez Jen. Mais il n'a rien pu prouver. Et je n'avais rien fait de mal. D'accord, je n'ai pas tenté d'empêcher les types de voler le vélo. J'aurais peut-être dû me lancer à leurs trousses. Disons que je l'aurais probablement fait si le père de Jen ne me regardait pas tout le temps comme la plupart des gens regardent les éboueurs au mois de juillet, en fronçant le nez avec dégoût.

— Dans le pire des cas, tu écoperas d'une peine à servir dans la communauté, reprend Billy. Mais pour cette fois seulement, Mikey. Encore une bêtise de ce genre et personne ne te donnera une autre chance. Tu saisis ?

Je hoche la tête.

— Et à propos de V…

Billy me flanque une troisième claque sur la nuque. Mais il ne me fait pas mal. Il essaie seulement de me faire comprendre quelque chose.

— Je ne veux rien savoir de plus, Mikey, d'accord ? Si tu ne me dis rien, je n'aurai pas besoin de mentir. Tout ce que je sais, c'est que toi et *peut-être* un copain à toi avez piqué des gâteaux dans un camion — une bêtise stupide — et que tu regrettes et que tu m'as promis de ne plus jamais recommencer. D'accord ?

— D'accord.

— Et rappelle-toi, Mikey, ajoute Dan. Si tu veux faire ton chemin dans la vie, tu as intérêt à ne pas te faire remarquer.

— C'est un bon conseil, Mikey, opine Billy. Suis-le.

Je suis censé travailler chez M. Scorza cet après-midi à partir de seize heures, mais je n'en ai guère envie. Je me poste à deux coins de rue du magasin en attendant de rencontrer un des gars qui y travaillent. Steve me croise. Il ne fréquente pas la même école que moi, mais il nous arrive de parler pendant les heures de travail et c'est un type bien. Je l'interpelle et lui demande de dire au patron que je suis malade.

— Tu n'as pas l'air malade, remarque Steve.

— Préviens-le pour moi, d'accord ? Et s'il y a un service que je peux te rendre, n'hésite pas à me le demander.

Il hoche la tête, mais il me regarde bizarrement. Comme s'il se disait qu'il fallait être un sacré lâche pour demander à quelqu'un de mentir à sa place. Tout ce qu'il me fallait pour conclure cette journée idéale !

CHAPITRE CINQ

Chaque fois que je prends la direction nord pour me retrouver dans Carrot Common, je me sens aussi à l'aise qu'un Blanc qui se baladerait tout seul dans Harlem. Les maisons sont énormes comparativement à celles du quartier où je vis. La plupart ont été restaurées ou rénovées et toutes sont soigneusement entretenues. Pas de peinture écaillée autour des fenêtres. Pas de plaques douteuses sur les toitures en bardeaux. Pas de mousse dans les gouttières. Pas de mauvaises herbes pour déparer les pelouses. Pas de pelouses non plus devant les maisons, mais des jardins remplis de fleurs, d'arbustes et d'arbres miniatures soigneusement taillés en petites boules parfaites. Les voitures sont aussi chic que les maisons — des Jeeps, des Lexus, des Beamers. Mais ce n'est pas tout. Il y a aussi l'allure des habitants qui fait que je me sens comme un étranger dans ce quartier. Les femmes sont toujours impeccablement coiffées. Tout le monde, enfants et adultes, porte des jeans propres et repassés et des souliers dernier cri des meilleures marques — Nike, Adidas, Reebok. Oh, bien sûr, ils pourront tous vous faire un discours sur les produits fabriqués par des enfants de dix ans au Bangladesh ou en Inde. Je parie que la moitié de leurs jeunes ont participé à des projets à l'école sur les horreurs du travail des enfants. Mais dépenser une fortune pour des chaussures fabriquées par un pauvre petit gars dans des conditions d'esclavage? Aucun problème.

Le lendemain de mon arrestation, je remonte les rues bordées d'arbres, conscient de l'état lamentable de mes souliers achetés chez Payless. Mon jean est effrangé et usé à la corde par endroits. Il pourrait se déchirer n'importe quand à hauteur des genoux. Mais personne ne s'arrête pour me dévisager. Personne ne semble se demander ce qu'un gars comme moi fabrique ici. Je me sens pourtant comme un intrus. Autour de moi, il y a de l'argent. Dans les poches de mon jean usé, il n'y a pas un sou.

Deux coins de rue au nord de l'avenue Danforth, je tourne à gauche. Un pâté de maisons plus loin, je prends à droite. Je ralentis l'allure et me poste au coin d'une haie, hors de vue de la plus grande maison de la rue. Je pourrais passer ma vie à la contempler. Cinq fois plus grande que la mienne, construite en pierres grises, elle est flanquée d'une tour à l'un des coins, et je sais pour toutes les heures que j'ai passées à regarder à travers les fenêtres qu'elle est remplie d'étagères de livres — Jen l'appelle la bibliothèque. La maison compte aussi une salle de jeu — c'est le nom que lui donnent ses occupants — comprenant une table de billard réglementaire, un billard électrique, une table de ping-pong et une table en chêne assortie de chaises spéciales. La mère de Jen joue au bridge. Son père joue tous les mois au poker avec d'autres avocats. Une antenne parabolique coiffe le toit de tuiles. Deux BMW sont garées dans l'allée, en compagnie d'un VUS.

J'examine la maison en faisant de mon mieux pour ne pas me faire repérer. Je connais des gars qui viennent dans le coin de temps en temps piquer les bicyclettes — des bicyclettes coûteuses — que les enfants laissent parfois sur les perrons ou dans des garages ouverts sans les cadenasser. J'en connais d'autres qui parlent de cambrioler ces maisons, mais ce ne sont que des mots parce que la plupart des demeures sont protégées par des systèmes d'alarme. J'aimerais bien moi-même m'introduire dans ces maisons, juste pour voir ce qu'elles contiennent. Jeter un coup d'œil sur les télés à écran géant et les salles de bains aussi vastes que la plupart des pièces des logements de mon quartier. Jeter un œil, juste pour rire, sur ce que donne dans la réalité la décoration à la Martha

Stewart. Et même découvrir une bonne d'enfants ou une femme de ménage à l'ouvrage.

J'aperçois un éclat de lumière — le reflet du soleil dans une vitre si propre qu'on en oublie qu'elle existe. La porte d'entrée s'ouvre et un homme sort de la maison. Vêtu d'un costume gris, il tient une mallette à la main. Il reste planté sur le perron de pierre et balaie les alentours du regard. Je me baisse aussitôt hors de vue. Qu'attend-il pour grimper dans sa Beamer noire et disparaître? Puis une femme sort à son tour et lui tend un paquet. Il lui plante un baiser sur la joue — pas particulièrement tendre, si vous voulez mon avis. La femme pivote sur les talons et entre dans la maison. Je jette un coup d'œil à ma montre.

Dès que j'entends le ronron du moteur de la Beamer, je m'approche de la haie, tourne le dos à la rue et me plie en deux — le vieux truc du gars qui rattache ses lacets.

— Toi! lance une voix cassante derrière moi. Que fabriques-tu ici?

Si je fermais les yeux, je jurerais entendre la mère de Jen. Mais ce n'est pas elle. C'est Jen qui me fait une blague. Ce qui veut dire qu'elle ne m'en veut plus et je me sens aussitôt de meilleure humeur.

— Ha! Ha!

Je l'entoure de mes bras et l'embrasse sur la bouche. Elle se met à gigoter au bout de quelques secondes, ce que bien des gars dans les mêmes circonstances n'apprécieraient guère, mais j'y vois un autre bon signe. Puis elle s'écarte de moi en jetant des regards inquiets vers la maison.

— Maman est là, dit-elle. Elle est au courant de toute l'histoire.

Je m'apprête à lui demander par qui elle l'a apprise, puis je me dis que la nouvelle a dû circuler à travers le réseau maternel et que ce n'est pas Jen qui en a parlé. Elle ne parle jamais de moi à ses parents. Loin des yeux, loin du cœur.

— C'était stupide, lui dis-je. Je ne sais pas ce qui m'a pris.

Les yeux verts de Jen s'agrandissent de surprise.

— Tu veux dire que c'est *vrai* ?

Il lui faut un petit moment pour digérer la nouvelle. Jen a cru que j'étais innocent. Elle m'a peut-être même défendu auprès de sa mère. Et voilà à présent que je lui avoue le contraire.

— Tu as vraiment volé ces trucs dans le camion ?

Je n'étais déjà pas fier de moi ce matin quand les deux policiers m'ont emmené sous le regard des élèves postés aux fenêtres de l'école. Je me suis senti comme un imbécile quand Billy m'a rejoint au poste dans une colère noire parce qu'il avait dû s'absenter de son travail par ma faute. Mais à présent, j'ai honte de moi. Je sais que Jen a passé beaucoup de temps à tenter de convaincre ses parents que j'étais quelqu'un de bien. Je l'imagine tout à fait prendre ma défense à l'heure du souper en invoquant la présomption d'innocence.

Je lui raconte que j'ai jeté les gâteaux un coin de rue plus loin.

— Tu n'aurais jamais dû les prendre au départ, me gronde Jen.

On croirait entendre sa mère. Mais elle a raison. C'est là toute la question. Je ne me défends pas. Je reconnais mon erreur. Et ça lui plaît.

— Et que va-t-il arriver maintenant ? demande-t-elle.

Elle se met à marcher à pas lents et m'attend pour que je la rattrape.

Je lui parle de ma convocation au tribunal et lui répète ce que Billy m'a dit. Je ne lui raconte pas comment tout a commencé, comment Vin et Sal ont voulu me remonter le moral et me faire oublier le bon vieux Patrick. Je ne lui dis pas non plus que Vin et Sal étaient eux aussi dans le coup et que j'ai refusé de les dénoncer. Je n'ai pas l'impression qu'elle va trouver ce geste admirable, contrairement à Billy.

Je repère Vin dès notre arrivée à l'école. Il se tient à l'extrémité du terrain de stationnement, appuyé contre un lampadaire. Il devait m'attendre parce que dès qu'il me voit, il quitte son poste pour venir me rejoindre.

— On se voit plus tard, me lance Jen en le voyant arriver.

Elle ne semble pas particulièrement enthousiasmée par cette perspective, et je repense à Patrick. J'ignore ce qu'elle a pu penser de lui samedi soir quand ils sont sortis ensemble, mais je parierais un mois de salaire qu'elle a une très bonne opinion de lui à présent. Je parie qu'il n'a jamais fait quelque chose d'aussi stupide que de se faire arrêter pour avoir volé des gâteaux. Il ne ferait jamais une chose pareille, pour commencer.

Vin s'approche sans dire un mot. Il ne s'arrête même pas une fois tout près de moi. On dirait un espion ou un policier en mission secrète.

— Après la classe dans les coulisses de l'auditorium, chuchote-t-il en passant devant moi sans me regarder.

Je ne lui demande pas pourquoi. C'est inutile. Cela fait dix ans que je le fréquente, et ses tendances paranoïaques ne sont plus un secret pour moi. Il doit craindre que les policiers me surveillent et nous voient ensemble, ce qui me semble bien improbable. C'est vrai que la boulangerie a porté plainte, mais ce sont des gâteaux que nous avons volés, pas de l'argent ni du matériel audio. Mais peut-être que si c'était Vin qui s'était fait pincer et moi qui me demandais ce que pensent les policiers ou ce qu'ils savent, j'agirais comme lui. C'est pourquoi je ne lui réponds pas. Je ne le regarde même pas. Et plus tard, je le retrouve à l'endroit convenu.

L'auditorium est désert. Il ne sert que pour les assemblées publiques, les concerts, la pièce de théâtre annuelle et les réunions. Le reste du temps, il n'y a que de la poussière.

— Qu'est-ce que tu leur as dit? questionne Vin après avoir bien vérifié que nous sommes seuls.

Il ne me demande pas comment les choses se sont passées ni ce qui m'est arrivé. Il ne me demande même pas ce que les policiers ont l'intention de me faire.

— Rien.

— Comment ont-ils su que c'était toi?

— Quelqu'un m'a reconnu. Quelqu'un qui connaît mon nom, qui sait où j'habite et à quelle école je vais. Le policier qui m'a arrêté m'a dit que j'avais été formellement identifié.

— Ouais, et alors?

— Ils savent que c'est moi. Et que je n'étais pas seul. Mais ils ignorent avec qui j'étais.

— Personne ne m'a vu?

Je remarque qu'il n'a pas dit *nous, moi et Sal*. Je présume que c'est chacun pour soi, à présent.

— Si on t'a vu, on ne t'a pas reconnu.

À voir l'expression qui éclaire son visage, on pourrait croire que Vin vient de faire la conquête de cette fille qui ressemble à un mannequin.

— Et tu ne leur as rien dit? insiste-t-il.

— Bon sang, Vin, pour qui tu me prends?

— D'accord, d'accord. Je posais simplement la question. Et maintenant?

Je lui raconte. J'ai l'impression d'avoir déjà raconté ça une centaine de fois.

— Et tu ne vas pas nous dénoncer? demande-t-il.

— Est-ce que je t'ai déjà dénoncé pour tous les mauvais coups que tu as faits?

Il me donne une claque sur l'épaule.

— Tu es un chic type, Mike.

Je garde le silence. Le policier avait peut-être raison. C'est probablement idiot de ma part d'accepter d'être le seul à écoper pour un acte que j'ai commis avec d'autres. Mais à quoi cela servirait-il que Vin et Sal se fassent pincer eux aussi? Cela ne leur apprendra rien qu'ils ne savent déjà. Et cela ne changera rien au fait que je me suis fait pratiquement prendre la main dans le sac.

○

Toute l'école est au courant et je suis le point de mire des élèves toute la journée. Chacun veut voir à quoi ressemble le crétin qui a risqué sa liberté pour un carton de petits gâteaux. J'ai droit aux plaisanteries de deux ou trois élèves. Aucun de mes profs ne fait de commentaire, par contre, mais ceux qui m'avaient déjà catégorisé comme un minable semblent se féliciter d'avoir si bien jugé mon caractère, tandis que les quelques autres, ceux qui avaient voulu croire que je n'étais pas irrécupérable, se contentent de hocher la tête et de me regarder d'un air déçu.

Riel s'abstient de toute remarque. Il me jette un coup d'œil en me dépassant dans le couloir durant la matinée, mais les choses en restent là. Je pousse un soupir de soulagement une fois qu'il a disparu. Je suppose que c'est parce que je sais à présent que c'est un ex-policier et qu'il risque de me passer tout un savon. Mais apparemment, il s'en fiche.

Après la classe, je me rends au travail. J'ai même hâte d'aller travailler. Cela va me changer de l'école, où ma stupidité fait l'objet de toutes les conversations.

Mélissa, l'une des caissières, m'accueille avec un sourire quand je franchis la porte.

— Salut, Mike, lance Eileen, qui est assez âgée pour être ma grand-mère. Tu vas mieux ?

Je lui réponds que ça va et me mets à tousser pour bien montrer que j'ai effectivement été malade. Je me dirige vers le fond du magasin pour aller passer mon tablier — nous devons tous porter un tablier vert orné du logo du magasin et d'un macaron où figure notre prénom. Je remonte l'allée des céréales et des ingrédients à gâteaux quand M. Johnson, l'adjoint du patron, m'arrête.

— Monsieur Scorza veut te voir, dit-il.

Mon cœur bondit dans ma poitrine. Je sais qu'il m'aime bien. Je sais aussi qu'il tenait déjà ce magasin avant que je sois né. Il connaît tous les autres commerçants de cette partie du quartier Danforth. Je me souviens de ce que m'a dit l'agent Carlson, que j'avais été formellement identifié par un commerçant du coin. Avec ma chance, le témoin risque fort d'être un ami de M. Scorza.

Je me dirige vers l'avant du magasin et frappe à la porte de son bureau.

— Entre! lance une voix sourde et profonde comme le grondement d'une avalanche.

J'ouvre la porte et je grimpe la volée d'escaliers avec autant d'enthousiasme que si je devais franchir un champ de mines. En haut des marches, j'aperçois le visage de M. Scorza derrière une pile de cartons. Il me regarde et hoche la tête, mais sans l'ombre d'un sourire.

— Vous vouliez me voir, Monsieur Scorza?

— Entre et assieds-toi, Michael.

M'asseoir ? Le bureau est si encombré que la seule chaise que je peux voir est celle qui est située derrière la table et qu'il occupe déjà. Je fais un pas et j'en découvre une autre qu'il a réussi à coincer dans le petit espace libre devant sa table.

— Je n'irai pas par quatre chemins, commence M. Scorza.

Je sens la sueur dégouliner sous mes bras et j'ai les mains moites. Il est rare que ce genre d'introduction annonce de bonnes nouvelles.

— Ça n'a pas été facile, Michael, poursuit-il. Pas facile du tout. Mais avais-je le choix ? Tu es témoin de quelque chose et tu ne peux pas prétendre n'avoir rien vu. Quelqu'un contrevient à la loi et tu le vois faire, et si tu ne dis rien, c'est aussi grave que si tu avais toi-même enfreint la loi.

J'ai avalé une part de pizza à la cafétéria de l'école ce midi en la faisant descendre avec un Coke. À l'heure qu'il est, je devrais normalement avoir digéré tout ça. Mais j'ai l'impression, en entendant les paroles de M. Scorza, assis sur ma chaise bancale, que tout va remonter. Et que je vais vomir sur mes chaussures.

— Je crois aux vertus de l'honnêteté, Michael, alors qu'il plonge son regard dans le mien. J'estime qu'il faut obéir aux lois. Je crois qu'il faut agir en bon citoyen. Alors, quand je t'ai vu voler quelque chose dans ce camion et t'enfuir, qu'est-ce que je pouvais faire d'autre? J'ai appelé la police.

C'est donc lui qui m'a dénoncé.

— J'ai toujours eu confiance en toi, Michael, reprend-il. Je n'ai jamais pensé que tu ne le méritais pas. C'est peut-être à cause de ce qui est arrivé à ta pauvre mère. Tu m'excuseras, mais je trouve que ton oncle n'a pas le même caractère que sa sœur. Il est peut-être en partie responsable. Mais tu as quinze ans, Michael. Tu es presque un homme. Et ce n'est pas ton oncle que j'ai vu dans la rue lundi soir. C'était toi. Toi et tes copains. Alors, tu dois répondre de ce que tu as fait.

Je songe à lui dire que j'ai déjà avoué. Mais je renonce, car à vrai dire, je n'ai avoué que parce qu'un témoin — lui — m'avait formellement identifié.

— Tu dois payer pour ton geste, ajoute-t-il. Ce n'est pas à moi de déterminer cette punition. C'est à un juge d'en décider.

—Je suis vraiment désolé, Monsieur Scorza.

Je suis désolé d'avoir fait cette bêtise, désolé qu'il m'ait vu faire, désolé qu'il ait appelé la police. Je ne veux pas dire que je regrette qu'il l'ait fait. Ce qui me désole, c'est que je l'aie obligé à le faire. Il a l'air encore plus malheureux que moi.

— Moi aussi, je suis désolé, Michael. Mais je dois savoir si je peux faire confiance aux personnes avec qui je travaille. Je ne pouvais pas faire confiance à Thomas parce qu'il prenait tout le temps des pauses alors qu'il aurait dû travailler fort pour le salaire que je lui versais. Et je ne peux pas employer un voleur.

Mes mains se mettent à trembler malgré moi. S'il vous plaît, pas ça!

— Je ne vous ai jamais rien volé, Monsieur Scorza.

Il me lance un regard sévère.

— Tu ne voles que des gens que tu ne connais pas, c'est ça?

— Je ne vole pas. Je veux dire, je ne l'ai fait qu'une fois, et c'était stupide. Je ne sais même pas pourquoi je l'ai fait. Mais je vous jure que je ne recommencerai jamais, Monsieur Scorza.

— Je l'espère, Michael.

Va-t-il m'accorder une seconde chance?

— Mais ce que tu as fait est mal, continue-t-il. À présent, je doute de toi, et je n'aime pas travailler avec des gens en qui je n'ai pas pleinement confiance. Et j'estime aussi que ce ne serait pas un service à te rendre. Il faut que tu comprennes que tu ne peux pas voler et t'en tirer sans accroc. Je suis navré, Michael, mais je dois te congédier.

J'ai les paupières qui me brûlent. Je me sens comme un petit enfant qui refoule ses larmes.

— S'il vous plaît, Monsieur Scorza. J'ai besoin de cet emploi. Je *veux* cet emploi! J'aime travailler ici.

Il croise les mains sur son gilet.

— Je n'ai rien d'autre à te dire, Michael.

J'ignore par quel miracle je réussis à redescendre les marches.

Je retourne à la maison. Billy n'est pas rentré. Une fois dans le salon, je m'effondre sur le canapé et j'allume la télé. Ne me demandez pas quelle émission je regarde, parce que je n'y prête aucune attention. Rester ici à ne rien faire devient vite insupportable. J'attrape mon blouson et je me dirige vers le parc.

Tous les enfants sont rentrés chez eux et le parc est plus tranquille que d'habitude. Je grimpe l'échelle du toboggan et m'installe sur mon perchoir en laissant pendre mes jambes. Je revois l'expression de M. Scorza, la déception dans ses yeux, et je me demande si je pourrai un jour décrocher un autre emploi. La nuit tombe quand j'aperçois un joggeur circuler dans le parc. Je n'y prête aucune attention jusqu'au moment où — trop tard — il se retrouve à environ deux mètres de moi. C'est Riel. En T-shirt et pantalon molletonné. Il lève les yeux vers moi.

— Ne me dis pas que j'ai oublié de te donner un devoir à faire, lance-t-il.

Je détourne les yeux.

— Comment ça s'est passé au poste de police? demande-t-il.

Je hausse les épaules. J'aimerais lui faire comprendre que je veux qu'il déguerpisse.

— J'ai fait quelques courses à l'épicerie aujourd'hui. J'ai bavardé avec une caissière qui s'appelle Eileen. Une dame très gentille. Tu la connais?

Je garde le silence.

— Elle m'a dit qu'on t'avait congédié.

Chère Eileen!

— Qu'est-ce qui s'est passé?

— Je ne veux pas en parler.

Il hausse les épaules à son tour.

— Alors, ne parle pas, répond-il en me regardant dans les yeux. Mais écoute-moi. J'ai appris que tu avais avoué. Tu vas devoir comparaître en cour pour t'expliquer devant un juge. Et étant donné les circonstances, tu risques d'avoir des ennuis. On t'a vu avec deux autres garçons, mais tu ne veux pas donner leur nom à la police. Ça leur est égal, aux policiers, Mike. Ils ne sont pas idiots, tu sais. Mais ça pourrait jouer en ta défaveur aux yeux d'un juge. Et il y a aussi cette histoire de bicyclette…

Parce qu'il est au courant de cette histoire aussi?

— À la place d'un juge, je pourrais penser que tu ne regrettes pas ton geste. Alors, j'aurais peut-être envie de te le faire regretter. Et avec ta situation de famille et le caractère de ton oncle…

— Qu'est-ce qu'il a, le caractère de mon oncle?

Pour qui se prend-il, à vouloir critiquer Billy?

— Billy s'occupe de moi.

— Vraiment? Est-il à la maison en ce moment? A-t-il la moindre idée de l'endroit où tu te trouves?

Je ne réponds pas.

— Il s'absente souvent le soir, pas vrai?

— Je ne suis plus un bébé.

— Tu es mineur. Un mineur qui a des démêlés avec la justice. Un juge voudra savoir si un garçon comme toi est convenablement encadré.

— Que voulez-vous dire, un garçon comme moi?

— Un garçon qui vole et qui couvre ses copains.

C'est assez. Je me lève et redescends l'échelle. Riel me bloque le passage.

— C'est ce qu'un juge va voir, Mike. Ça et un tuteur qui ne se conduit pas beaucoup

113

mieux. Le juge pourrait décider que tu as besoin d'être plus étroitement encadré.

— Cela n'arrivera pas!

— Tu crois? En es-tu certain?

— Vous voulez seulement me faire peur.

Riel secoue lentement la tête.

— Ce serait peut-être une bonne chose que tu aies peur, reprend-il. Regarde, Mike, tu n'as réussi dans aucune matière l'an passé et tu ne sembles pas parti pour entamer la nouvelle année scolaire d'un meilleur pied. Tu t'es fait arrêter et tu as perdu la confiance d'un homme qui t'avait toujours considéré comme un ami.

Il parle de M. Scorza.

— Veux-tu vraiment finir comme ton oncle Billy, Mike? Penses-tu que c'est ce que ta mère aurait voulu?

— Fichez-moi la paix avec ma mère!

Je lui ai hurlé ça au visage. Il me regarde, effaré.

— Vous parlez de ma mère comme si vous l'aviez connue! Mais vous ne l'avez jamais connue! Et vous vous fichez pas mal d'elle. Vous n'avez même pas pris la peine d'enquêter pour savoir qui l'avait tuée!

Il recule d'un pas pour me laisser descendre.

— Nous avons dûment enquêté sur cette affaire, affirme-t-il.

— Tu parles! Vous avez laissé tomber, oui.

Riel se raidit. Il n'aime pas qu'on l'accuse d'avoir baissé les bras.

— Il arrive que les choses ne se passent pas comme on le voudrait, dit-il.

— Ouais, il y a des causes trop insignifiantes pour qu'on s'en occupe!

Il me lance un regard sans expression.

— C'est ça, essayez donc de le nier! Mais deux semaines après la mort de ma mère, ces vieux riches de Forest Hill se sont fait descendre dans leur allée. Tous les policiers de la ville ont été mobilisés pendant des mois. Jusqu'à ce qu'ils épinglent les meurtriers.

Billy m'a raconté toute l'histoire.

— Et il y a aussi eu cette fille qui s'est fait assassiner dans High Park. La police n'a pas lâché l'enquête non plus. Il faut dire que son père était président d'une des grandes banques. Mais ma mère se fait tuer par un chauffard et on n'insiste pas trop, n'est-ce pas? Parce qu'elle n'était pas riche et qu'elle n'avait pas de parents haut placés. J'imagine que la police ne se donne pas beaucoup de mal pour les moins que rien.

Riel garde le silence un moment.

— Je suis désolé que tu voies les choses comme ça, déclare-t-il d'une voix tranquille. Mais ce n'est pas ce qui s'est passé.

— Fichez-moi la paix.

— Mike…

Mais j'ai déjà détalé. Je cours à toutes jambes à travers le parc, pour le fuir, fuir les souvenirs de ma mère, fuir ce qu'il y a de vrai dans ce qu'il m'a dit. Qu'aurait-elle effectivement pensé du tour qu'a pris ma vie ?

CHAPITRE SIX

Je me réveille en plein milieu de la nuit. Paf! Comme ça. *On t'a vu avec deux autres garçons, mais tu ne veux pas dire à la police qui ils sont. Ça leur est égal, aux policiers, Mike. Ils ne sont pas idiots, tu sais...* Pourquoi Riel m'a-t-il dit ça? Et qu'a-t-il voulu me faire comprendre? S'ils s'en fichent autant que ça, pourquoi m'ont-ils cuisiné pour que je leur dise?

Ça leur est égal parce qu'ils ne sont pas idiots...

Je jette un coup d'œil à mon réveil. Trois heures du matin. Ce n'est pas l'heure d'appeler quelqu'un qui n'a pas de ligne téléphonique personnelle. Ce n'est pas l'heure de réveiller des parents, et surtout pas pour leur demander de parler à leur fils de toute urgence.

J'ai de la difficulté à dormir et c'est pourquoi je me lève tôt. Je me passe de douche, m'habille et file directement chez Vin. En arrivant devant chez lui, j'hésite. Vais-je aller frapper ou vaut-il mieux que je l'attende dehors? Il est peu probable qu'il soit déjà parti — Vin arrive à l'école avant moi tous les trente-six du mois. Ses parents doivent être encore à la maison, mais ce n'est pas un problème. Je suis le meilleur ami de Vin. Je viens tout le temps frapper à leur porte. C'est vrai, je viens rarement à huit heures moins quart. Mais il m'est arrivé de faire des choses encore plus bizarres.

Je grimpe les marches du perron et frappe à la porte. Vin vient ouvrir. Il n'a pas l'air ravi de me voir, et cela ne me remonte pas le moral. Il regarde soudain par-dessus mon épaule.

— Je croyais qu'on était copains, dit-il.

Quoi ?

Je vois ses épaules se voûter et je jette un coup d'œil derrière moi. Une auto-patrouille est garée devant l'allée et deux policiers en sortent. Les agents Carlson et Torelli. Je me défends :

— C'est pas moi.

— Salut, Mike ! me lance en souriant l'agent Torelli en remontant l'allée. Comment vas-tu ?

— Je te jure, Vin, je ne leur ai rien dit.

J'étais venu le prévenir, mais les deux agents ne m'en laissent pas le temps. Ils sont déjà derrière moi et demandent à Vin si ses parents sont là.

L'agent Torelli me donne une claque dans le dos.

— Dis donc, toi, qu'attends-tu pour filer à l'école ?

Je vais à l'école parce que, soyons honnête, j'ai la frousse. Il faut bien que je l'admette, même si je déteste ça : Riel a vraiment réussi à me faire peur. Je songe à ma comparution au tribunal. Je ne suis pas sûr que Billy fasse bonne impression, même en supposant qu'il prenne une bonne douche et emprunte un veston et une cravate à quelqu'un. Il n'a ni l'un ni l'autre dans sa garde-robe, que je sache. Je songe à mon lamentable dossier scolaire ; faire l'école buissonnière ne risque pas d'arranger les choses. Je me rends donc à l'école et me tape les cours d'histoire, de maths et de sciences. Je joue du saxo pendant le cours de musique et collectionne les fausses notes. Je m'en fiche. Vin reste invisible toute la journée. Je cherche Sal, mais ne le trouve nulle part.

— Ça va ?

Je suis assis sur les marches qui conduisent à l'estrade de l'auditorium. Je pensais y avoir la paix. Et je l'ai eue, jusqu'à ce que j'entende cette voix. Je me retourne. C'est Riel.

— Ouais, ça ne peut pas aller mieux ! Vin s'est fait pincer.

— La première chose que j'aurais faite à la place de Carlson aurait été de demander à tout le monde — à la directrice, aux directeurs adjoints, peut-être à quelques profs — qui l'élève McGill voit-il régulièrement. Qui sont ses meilleurs copains. C'est l'ABC du travail policier.

— Peut-être, mais Vin est persuadé que je l'ai donné.

Riel s'assoit sur la marche à côté de moi.

— Réfléchis une minute. Il me semble que Vin n'a guère de raisons de se plaindre. Primo, tu ne l'as pas dénoncé, et deuxio, il était là, il était dans le coup lui aussi.

Je ne m'attendais pas à ce qu'il comprenne, et j'avais bien raison.

— Est-ce que Carlson vous a posé des questions ?

Riel était dans la police. Il connaît Carlson. Et je suis un de ses élèves. Carlson a dû lui demander s'il connaissait mes copains. C'est l'ABC du travail policier, pas vrai ? Et qu'a bien pu répondre Riel ?

— Oui, répond Riel. Il me l'a demandé.

— Et qu'avez-vous répondu ?

— Je viens d'arriver, Mike. Il y a, disons, mille cinq cents élèves dans cette école. Pour quelqu'un qui, comme moi, commence tout juste à enseigner, et au début de l'année en plus, c'est comme s'ils étaient tous passés au moins une fois dans ma classe. C'est pratiquement impossible de se souvenir de tous les visages, sans parler de savoir qui fréquente qui.

Il a l'air sincère. Je me demande si Carlson l'a cru.

— Mike, je veux te parler de quelque chose.

— Quoi?

— De ta mère.

Il a l'air encore plus sérieux que lorsqu'il donne son cours. J'attends la suite.

— Tu étais juste un petit gars la dernière fois que je t'ai vu, mais tu n'es plus un enfant. Je voudrais t'expliquer quelque chose.

Il se tait un moment.

— C'est moi qu'on avait chargé d'enquêter sur l'accident.

Comme si je ne le savais pas déjà.

— Il y a un protocole à suivre au service de la police routière en cas de délit de fuite, explique-t-il.

— Police routière? Je croyais que vous étiez à la brigade criminelle.

— J'ai été transféré. Je travaillais à l'époque à l'escouade d'enquête du Service de police routière.

Police routière… Ceux qui collent des contraventions pour stationnement illicite ou qui s'occupent des embouteillages. Rien de sérieux.

— La première chose que nous faisons dans un cas comme celui-là, poursuit Riel, c'est d'essayer de trouver des témoins susceptibles de nous fournir une description du véhicule suspect, ou du chauffeur et des passagers, et de nous indiquer quelle direction le véhicule a prise. Ensuite, la procédure normale consiste à transmettre les renseignements que nous avons recueillis au répartiteur, qui alerte alors toutes les voitures de ronde du secteur.

La procédure *normale*... j'en déduis que cette procédure n'a pas été suivie.

— Le premier problème que nous avons éprouvé, poursuit Riel, c'est que personne n'a rien vu. Le gars qui a appelé la police habitait juste en face. Il a dit avoir entendu du bruit, mais il n'a pas pensé qu'il s'était passé quelque chose d'inhabituel.

Je remarque que Riel ne précise pas quel type de bruit le témoin a dit avoir entendu. Je n'insiste pas, car je n'ai vraiment pas envie d'en savoir plus.

— Il nous a appelés plus tard, quand il a ouvert sa porte pour faire sortir son chat et qu'il a vu quelque chose au milieu de la rue.

Quelque chose. Il devrait plutôt dire *quelqu'un*. Ma mère.

— Nous avons plus tard prospecté tout le quartier et deux ou trois autres personnes nous ont dit elles aussi avoir entendu un bruit, mais que cela ne les avait pas alertées. Elles nous ont dit aussi qu'il n'y avait pas eu de coup de freins. Rien non plus qu'on associe généralement à un accident de voiture. Personne n'a vu le véhicule, à plus forte raison le chauffeur. Personne n'a signalé qu'une voiture avait accéléré dans les rues du quartier au moment où c'est arrivé. Les policiers en patrouille dans le secteur n'ont intercepté personne pour excès de vitesse. Si bien qu'au lieu de démarrer l'enquête à partir d'indices concrets qui nous auraient permis de trouver un jour le coupable, nous partions de zéro.

Je prête une oreille à ce qu'il me raconte, mais en même temps, je ne veux pas l'entendre. Et il y a une chose que j'aimerais bien savoir.

— Pourquoi me racontez-vous tout ça ?

— Parce que je ne veux pas que tu penses que nous n'avons rien fait.

Il se penche un peu en avant, comme s'il croyait qu'en se rapprochant de moi, j'allais davantage le croire.

— Ne pense pas que nous nous en fichions. Ce n'était vraiment pas le cas.

Je ne comprends toujours pas. Pourquoi se préoccupe-t-il tant de mon opinion ?

— Nous avons fait tout ce que nous pouvions. Nous le faisons toujours. Je suis navré de ce qui t'est arrivé, ajoute-t-il en me regardant droit dans les yeux.

Bien sûr. Puisqu'il le dit.

— Après cette première étape, les gars de l'identification sont entrés en scène, reprend-il.

— Identification ?

— Les techniciens de l'expertise médico-légale. Les gars qui passent la scène au peigne fin pour trouver des éléments de preuve — tu sais, des empreintes digitales, des marques de pas, des cheveux et des fibres. Ils font un relevé de la scène du crime et ramassent tout ce qu'ils peuvent trouver. Ils ont cherché des traces de dérapage ou de bandes de roulement de pneus pour déterminer si le chauffeur avait essayé ou non de s'arrêter brusquement ou d'éviter un obstacle. Ils n'ont rien trouvé.

— Qu'est-ce que ça peut vouloir dire ?

Riel hausse les épaules.

— Que celui ou celle qui conduisait n'a vu personne dans la rue. Ses facultés pouvaient être affaiblies, tu sais, par l'alcool ou la drogue. Peut-être le conducteur s'est-il endormi au volant ? Ensuite, les techniciens se sont mis à la recherche d'indices susceptibles de leur permettre d'identifier la marque du véhicule. Il a dû y avoir tout un impact au moment de la collision, même si la voiture respectait la limite de vitesse, qui dans ta rue est de quarante kilomètres à l'heure. Le véhicule a dû lui aussi subir des dommages — un phare brisé par exemple — quand il a heurté quelque chose.

Il emploie encore ce mot — *quelque chose* — alors que c'est de ma mère dont il parle. Mais je présume qu'il essaie de faire preuve de délicatesse, de me ménager en employant certains mots plutôt que d'autres.

— Parfois, ce sont les choses les plus minimes qui nous mettent sur une piste. Un fragment de plastique provenant d'un phare. De minuscules copeaux de peinture. Ou alors le véhicule a roulé dans un type de boue qu'on ne trouve que dans un endroit précis et on retrouve des traces de cette terre sur ce qu'a heurté l'auto. Les techniciens de l'identification recueillent tout ce qu'ils trouvent et le remettent aux gars du laboratoire de police scientifique qui vont les aider à concentrer leurs recherches pour identifier le type de véhicule impliqué.

— Mais ils n'ont pas réussi?

— Oui, ils ont pu le faire. Le laboratoire de chimie du Centre des sciences médico-légales a analysé la peinture. Tu sais peut-être que les couches de peinture qu'on retrouve sur un véhicule correspondent souvent à certains modèles produits à des périodes précises. Les fabricants d'automobiles consignent tout dans des registres et conservent des échantillons des types de peinture qu'ils utilisent. Ils les mettent à la disposition du Centre, qui d'ailleurs possède sa propre collection d'échantillons de peinture. Les techniciens ont pu nous dire que l'auto impliquée était une Impala General Motors et préciser l'année de fabrication. La couleur aussi.

Vert forêt. Alors, nous avons pu examiner toutes les automobiles de ce modèle, de cette année et de cette couleur-là qui étaient immatriculées dans le secteur, puis dans la ville.

— Et vous n'avez rien trouvé, c'est ça ?

Il pousse un soupir.

— Nous avons passé au crible toutes les Impala vert forêt de cette année-là qu'il pouvait y avoir en ville. Aucune trace de choc, rien. Nous avons lancé un appel au public pour demander à d'éventuels témoins de se présenter. Toujours rien.

Il secoue la tête.

— C'est très rare de se retrouver bredouille comme ça. Parfois, quelqu'un qui connaît quelqu'un qui possède une auto du même modèle et de la même marque qu'un véhicule impliqué dans un délit de fuite va prendre contact avec nous — parce que le propriétaire du véhicule en question a un comportement bizarre, par exemple. Ou bien c'est un voisin qui a remarqué quelque chose, ou encore la petite amie du propriétaire, ou son ex. Imagine le citoyen ordinaire — ce n'est pas forcément un saint, mais il a des amis, une famille, des gens qui tiennent à lui et qui savent quand il se conduit normalement ou quand quelque chose le tracasse. Un beau soir, le gars fait une bêtise. Il prend un coup ou fume un joint et bang! il frappe quelque chose sur la route. Il ne sait peut-être même pas ce que c'est au moment de la collision. Mais il va finir par deviner ce qui est arrivé. Les journaux en parlent. Et quand il se rend compte que c'est lui le chauffard, et qu'il décide pour une raison ou une autre de ne pas se dénoncer, son comportement va changer. Par exemple, il va cesser de conduire. Il va laisser son auto au garage. Ou bien il va décider tout à coup de la faire repeindre. Ou encore il va se mettre à boire davantage. Il y a toujours quelque chose qui met la puce à l'oreille à quelqu'un de son entourage. Ajoute à ça le fait que ses amis ou les membres de sa famille connaissent la marque et le modèle de son véhicule, et tu peux t'attendre à voir un jour quelqu'un venir t'en parler. Si tu soupçonnais ton copain Vin d'avoir été mêlé à quelque chose de ce genre, tu remarquerais qu'il ne se comporte pas comme d'habitude, n'est-ce pas?

J'acquiesce d'un hochement de tête.

— Mais je n'irais pas le dénoncer à la police pour autant, dis-je.

Mes paroles peuvent sembler terribles, surtout parce que nous parlons de ce qui est arrivé à ma mère. Mais c'est la vérité.

— Peut-être que tu ne le dénoncerais pas, répond Riel. Jusqu'à ce que tu te mettes à réfléchir. La plupart des gens sont honnêtes, Mike. Ils veulent agir correctement. Mais nous avons quand même fait chou blanc. Personne n'est venu nous dire quoi que ce soit. Le mieux que nous ayons pu faire, c'est d'en déduire qu'il s'agissait d'une auto volée dans une autre ville. Un gars qui vole une auto a des amis d'un autre genre, des amis qui sont peut-être moins enclins à aller voir la police si leur copain a commis un méfait. Alors, nous avons examiné tous les signalements de vol d'Impala. Nous n'avons rien trouvé dans le secteur, mais nous en avons quand même repéré une qui avait été volée la veille à Simcoe et qu'on n'a jamais retrouvée. Et ensuite…

Il se tait une seconde.

— Vous avez abandonné, c'est ça?

— C'était le cul-de-sac, Mike. Et ce n'est pas parce qu'une enquête piétine que nous baissons les bras, tu sais. Mais il y a toujours de nouveaux dossiers qui nous arrivent. On est donc affecté à d'autres enquêtes et il faut s'efforcer de résoudre ces autres affaires. Ça n'arrête pas. Même si la première enquête n'est toujours pas bouclée, on ne peut plus lui consacrer autant d'attention.

— Les choses en sont restées là, c'est ça?

Il fixe sur moi ses yeux d'un gris brumeux. Il garde si longtemps le silence que je me demande si l'entretien est clos, s'il n'a rien d'autre à me dire. Mais il me surprend.

— Je n'ai jamais rencontré ta mère, Mike. Mais j'ai une très bonne idée de qui elle était.

J'ai envie de lui dire que c'est faux, qu'il n'en a aucune idée. Mais la curiosité l'emporte.

— Elle travaillait dur, reprend Riel. Elle arrivait toujours au bureau à l'heure et n'en repartait que lorsqu'elle avait terminé sa tâche. Elle était toujours enjouée. Ses collègues de travail l'adoraient. Elle suivait des cours pendant ses temps libres pour s'améliorer et obtenir une promotion. Ce qui ne l'empêchait pas en même temps de t'élever, toute seule, et de s'occuper de ton oncle aussi, jusqu'à ce qu'il ait l'âge de voler de ses propres ailes. Et elle entretenait sa maison, c'était immaculé. Je m'en suis aperçu la première fois que j'y ai mis les pieds. C'est une vieille maison, mais ça brillait de propreté et on voyait bien qu'elle faisait tout ce qu'elle pouvait pour offrir à sa famille le meilleur foyer possible. Elle aimait lire, aussi, et elle essayait de te faire aimer la lecture, n'est-ce pas?

C'est vrai que ma mère adorait lire. Elle préférait la lecture à la télé. Elle me lisait une histoire tous les soirs quand j'étais petit. Et quand j'ai grandi, elle me prenait contre elle sur le canapé et me demandait de lui lire quelque chose.

— Comment le savez-vous?

— Il y avait deux piles de livres de bibliothèque sur la table du salon. Une pile pour enfants; l'autre, pour adultes, de la littérature ou des essais. Elle était très organisée. Elle rendait toujours les livres à la date prévue.

Il sourit en voyant à nouveau mon air surpris.

— Elle épinglait les fiches avec les dates sur le babillard de la cuisine. Et elle veillait à ce que tu manges bien — des granolas, plutôt que des céréales sucrées. Du jus d'orange plutôt que de l'orangeade gazeuse.

— J'avais droit à l'orangeade aux grandes occasions.

— Elle faisait ses propres confitures, poursuit Riel à mon grand étonnement. J'ai pu le voir quand ton oncle a ouvert le réfrigérateur parce qu'il voulait du lait dans son café. Des pots de confiture de fraises maison. Est-ce qu'elle faisait aussi son pain?

— Ouais.

Le seul souvenir de l'arôme du pain cuisant au four me fait saliver. Je regarde Riel avec un intérêt accru. Il est plus intelligent que je le pensais.

— Ce n'est pas facile d'être une mère célibataire. Tu dois travailler dur rien que pour régler les factures. Les gens qui élèvent seuls leurs enfants sont tellement occupés à joindre les deux bouts qu'ils n'ont pas toujours le temps nécessaire pour surveiller leur éducation. À ce que j'ai pu apprendre d'elle, ta mère était du genre à faire en sorte que quoi qu'il arrive, tu ailles à l'école, tu fasses tes devoirs, tu travailles dur et tu ne fasses pas de bêtises. Est-ce que je me trompe?

Voilà qu'il recommence. Il essaie encore de m'amener à envisager ma situation avec le regard de maman. Mais cette fois, je n'ai pas envie de l'envoyer promener.

Il m'a dit qu'il était désolé de ce qui m'était arrivé. Il parlait de tout ce que j'avais perdu. Tout ce qui avait disparu à la mort de maman.

— Elle ne serait pas très contente, aujourd'hui, pas vrai? ajoute Riel en se relevant lentement. Tu es dans le pétrin actuellement, mais rien ne t'oblige à continuer dans la même voie. C'est tout ce que je voulais te dire.

— J'ai jeté ces gâteaux, vous savez.

Les mots sont spontanément sortis de ma bouche. Riel attend la suite.

— Je ne voulais pas les voler, mais je l'ai fait. Et après, je les ai jetés.

Riel garde le silence. J'ignore même s'il me croit.

Après son départ, je reste à réfléchir un moment dans l'escalier, puis je décide d'aller voir Vin pour lui expliquer ce qui s'est passé. En remontant Danforth, j'aperçois Jen. Elle n'est pas seule. Un gars que je ne connais pas l'accompagne. Et il lui tient la main.

CHAPITRE SEPT

Qu'est-ce qu'un gars peut faire quand il voit sa petite amie se promener main dans la main avec un autre gars?

Première option: nier. Se dire qu'on n'a pas vu ce qu'on a vu. Que ce n'est pas ce qu'on croit. Peut-être Jen a-t-elle décroché le principal rôle féminin dans la pièce de théâtre montée à l'école. Elle tient la main de son vis-à-vis masculin parce qu'ils sont en train de répéter. En pleine rue, pour que tout le monde puisse les voir. Mais il ne faut pas imaginer des choses. Cela ne veut rien dire.

Deuxième option: prétendre qu'on n'a rien vu. Quand on n'a rien vu, on n'a pas besoin de se faire du souci. On peut se convaincre qu'elle est toujours notre copine, que tout est *cool*.

Troisième option: casser la figure au gars. Pour qui se prend-il, à tenir la main de votre copine? Il a dû l'intimider, parce que c'est votre copine à vous et jamais elle ne tiendrait la main d'un autre gars à moins d'y être forcée. Et quand un gars oblige votre copine à faire quelque chose qu'elle ne veut pas faire, il mérite la correction que vous comptez lui infliger.

Quatrième option : dire à la copine que tout est fini entre vous. Si elle tient la main d'un autre gars, vous ne voulez plus qu'elle tienne la vôtre. Après tout, c'est *elle* qui l'a voulu, n'est-ce pas ? Si les rôles étaient inversés, elle vous larguerait si vite que vous vous mettriez à douter d'avoir jamais été son copain.

Il y a une dernière option, et c'est celle que je choisis. Je tourne les talons et me mets à marcher le plus vite possible dans la direction opposée. Et pendant tout ce temps, j'espère encore l'entendre m'appeler : *Mike, arrête ! Ce n'est pas ce que tu imagines !*

Mais elle ne le fait pas.

La mère de Vin m'ouvre la porte. C'est une femme qui a l'air d'en avoir vu de toutes les couleurs dans la vie. Elle travaille comme serveuse dans un bar, c'est son métier depuis toujours. Elle se maquille beaucoup, même quand elle est chez elle, et a une masse de cheveux impressionnante qu'elle coiffe comme une des Charlie Angels à la télé, même si à présent, les anges en question ont atteint la quarantaine. Elle a la voix rauque. Trop de cigarettes et trop de bière, explique Vin. Et elle travaille à des heures bizarres — jusqu'à la fermeture du bar à deux heures du matin —, puis elle rentre à la maison, fait un peu de ménage et dort ensuite jusqu'à midi. Elle prend son service à dix-sept heures trente, cinq jours par semaine, du mardi au samedi, ce qui veut dire qu'elle est encore chez elle quand je sonne à la porte. Mais je préfère tomber sur elle que d'avoir à affronter le père de Vin. Il travaille tous les soirs à l'usine Ford.

D'habitude, la mère de Vin se montre gentille avec moi. Elle nous taquine tout le temps, Vin, Sal et moi. Elle nous appelle la grande équipe. Elle nous dit : « Ne faites rien que je ne ferais pas moi-même » et se met à rire, parce que si j'en crois Vin, il n'y a pas grand-chose que sa mère ne ferait pas une fois dans sa vie. Mais je présume qu'elle n'irait pas jus-qu'à voler des cartons de petits gâteaux dans le camion d'un boulanger, parce que je n'ai droit à aucun sourire quand elle m'ouvre la porte. Et alors que je lui demande si Vin est là, elle me dévisage quelques secondes avant de se retourner pour l'appeler.

— Vincent !

Elle ne l'appelle ainsi que lorsqu'elle est en colère contre lui. Vincent est le prénom que portait son beau-père. La mère de Vin n'a jamais rien de bon à dire sur le grand-père de

Vin. Je me demande bien pourquoi elle a donné à son fils le prénom du vieil homme.

J'attends Vin — en me demandant s'il va même accepter de me voir.

— Qu'est-ce que ta mère aurait dit? me lance-t-elle.

Bon sang, il y a vraiment des jours où ça va mal.

Vin se faufile entre sa mère et le cadre de porte. Elle lui donne une claque sur les fesses.

— Tu ne bouges pas de la galerie, c'est compris, Vincent?

— Ouais.

Il ne me regarde même pas. Il va s'appuyer sur la rampe en me tournant le dos. Je suis sûr qu'il ne dira pas un mot. Sa mère rentre dans la maison. Quand la porte se referme, Vin se tourne vers moi.

— Elle veut m'interdire de sortie jusqu'à la fin de mes jours, fait-il en soupirant. Mais c'est toujours mieux que mon père. Lui, il veut me tuer.

Le père de Vin donne l'impression d'être un vrai dur. Mais il est sympa. De temps en temps, il arrive avec des billets et nous emmène à un match de baseball tous les trois, Vin, Sal et moi. Il connaît le nom de tous les joueurs de toutes les équipes. Vin raconte que la seule chose que son père lit dans le journal est la section des sports, et que *Sports Illustrated* est le seul magazine qu'il ouvre.

— Je ne leur ai rien dit, Vin.

— Je sais.

Voilà au moins une parole réconfortante dans cette lamentable journée.

— J'ai d'abord cru que tu m'avais dénoncé quand je t'ai vu à la porte avec ces deux policiers qui remontaient l'allée juste derrière toi. Mais j'y ai repensé et je me suis dit que tu ne ferais jamais une chose pareille. Tu ne m'as jamais dénoncé.

— Riel m'a dit que les policiers avaient demandé un peu partout qui étaient mes copains. Il dit que c'est l'ABC du travail policier.

Vin fronce les sourcils.

— Comment le sait-il ?

— C'est un ex-policier.

Vin l'ignorait.

— Qu'est-ce qui te fait croire que ce n'est pas lui qui m'a dénoncé ? Il nous a souvent vus ensemble.

— Je ne pense pas qu'il l'ait fait. Tu sais, c'est lui qui a enquêté sur le délit de fuite.

Je n'ai pas à préciser de quel délit de fuite il s'agit.

— Sans blague ? Et comment se fait-il qu'il ne soit plus dans la police ?

Je ne peux que hausser les épaules, car je l'ignore.

— Peut-être qu'il était nul, propose Vin. Ou qu'ils l'ont viré parce que son enquête a échoué ? Parce qu'ils n'ont jamais retrouvé celui qui avait tué ta mère, pas vrai ?

Je m'appuie sur la rampe de la galerie et contemple la pelouse de Vin. Elle n'est pas envahie de mauvaises herbes comme la nôtre.

— Il m'a dit qu'il avait essayé. Mais que personne n'avait rien vu.

— Tu en as parlé avec lui ?

Je raconte à Vin comment les choses se sont passées.

— Et puis ?

Ce bon vieux Vin. Nous nous connaissons depuis la garderie. Il peut faire toutes sortes de bêtises — voler des gâteaux dans un camion de boulanger, par exemple —, mais c'est mon meilleur ami. Il me connaît mieux que n'importe qui, mieux que Billy, même. Il sait toujours quand quelque chose me tracasse.

— Il m'a dit que l'auto qui a heurté ma mère avait probablement été volée. Et que le conducteur n'a pas dû voir ma mère, parce qu'on n'a retrouvé aucune trace permettant de croire qu'il ait freiné ou donné un coup de volant. Il m'a dit que le chauffeur avait peut-être bu ou qu'il s'était endormi au volant.

Vin assimile toutes ces informations.

— Et puis ? demande-t-il encore.

— Et j'y ai réfléchi, dis-je. Est-ce que tu prendrais un coup si tu conduisais une auto volée ? Risquerais-tu de t'endormir au volant ?

Il hausse les épaules.

— On peut faire des choses encore plus bêtes, dit-il. Et c'était peut-être un voleur stupide. Ou un voleur fatigué.

— Si je me baladais dans une voiture volée, je me conduirais comme un citoyen modèle. Je ne chercherais surtout pas à attirer l'attention.

— Si tu te baladais dans une auto volée, tu serais tout sauf un citoyen modèle, me fait remarquer Vin.

— Un gars dans une auto volée... il ne freine pas. Il ne donne même pas un coup de volant pour éviter...

Cette idée ne cesse de me trotter dans la tête.

— Tu vas peut-être trouver ça ridicule, dis-je à Vin. Est-ce que je peux le dire à voix haute ?

— Tu te demandes si le gars au volant l'a vraiment vue ? demande Vin lentement. Il l'a vue, mais n'a pas freiné, ne l'a pas évitée, parce que...

— Crois-tu que ce soit possible ? Crois-tu que quelqu'un ait pu *vouloir* tuer ma mère délibérément ?

Vin plonge ses yeux dans les miens et son regard se voile de tendresse.

— Ta mère était super, Mike. Te rappelles-tu des biscuits aux brisures de chocolat qu'elle nous faisait ?

Je souris à ce souvenir, je peux pratiquement sentir le parfum du chocolat chaud.

— Et elle ne se fâchait jamais contre nous, quoi que nous fassions, ajoute Vin. On avait toujours l'impression qu'elle nous comprenait, tu vois ce que je veux dire ?

Je le vois parfaitement.

— Pourquoi aurait-on voulu la tuer, Mike ? L'explication de Riel a l'air plus logique, non ?

Il n'a pas freiné, il n'a rien fait pour l'éviter…

— Tu ne crois pas, Mike ?

— Tu as raison.

Mais cette idée continue de me tracasser. À quel point faut-il avoir les facultés affaiblies pour ne pas voir quelqu'un qui traverse la rue devant vous sans réagir ? Et comment se fait-il qu'avec des facultés aussi affaiblies, on puisse disparaître sans laisser de traces ? *Personne n'a rien entendu. Personne n'a rien vu. Personne n'a signalé d'excès de vitesse dans le secteur.* Comment peut-on être assez abruti par l'alcool ou la fatigue pour ne pas savoir où on va ni éviter un obstacle, mais avoir assez de présence d'esprit pour s'éclipser ensuite ni vu ni connu ?

Je pensais avoir du mal à le trouver, mais je me trompais. Il est inscrit dans le bottin : Riel, John. L'adresse indiquée correspond à une maison située au nord de l'avenue Danforth, à deux coins de rue à l'est de Greenwood. Ma nervosité augmente à mesure que je m'approche. Je n'ai trouvé qu'un seul John Riel dans l'annuaire, et aucun Riel, J., j'en ai déduit donc que ce devait être le bon. Mais en remontant l'allée, l'idée que je vais frapper à la mauvaise porte me traverse soudain l'esprit. Riel est un ex-policier, pas vrai ? Peut-être que le numéro personnel des policiers ne figure pas dans l'annuaire, pour des raisons de sécurité.

Je m'apprête à tourner les talons — vous avez le droit de me traiter de peureux — quand quelqu'un apparaît au coin de la maison, un sac d'épicerie dans les bras.

— Mike ?

Après un moment de surprise, Riel se met à sourire.

— Qu'est-ce qui se passe ? me dit-il.

— Je voudrais vous demander quelque chose.

— As-tu soupé ?

Je n'ai rien dans l'estomac, mais je préfère mentir.

— Oui.

— Eh bien pas moi, dit-il. Entre. Si ça ne te dérange pas, on pourra discuter pendant que je cuisine.

Je gravis les marches sur ses talons et pénètre chez lui. Les pièces sont beaucoup plus grandes que chez moi et nettement plus propres — mais tout me semble vide. Des murs peints en blanc. Quelques meubles — un canapé et deux fauteuils dans le salon, un système stéréo et deux bibliothèques bourrées de livres, une table et des chaises dans la salle à manger, une autre table plus petite et quelques chaises dans la cuisine, toutes noires ou chromées, ou les deux. Pas de tapis, du carrelage noir et blanc dans l'entrée et la cuisine, du plancher de bois franc ailleurs.

— Il n'y a pas longtemps que vous habitez ici, hein?

— Deux ans, répond-il.

Pas étonnant que je me sois trompé. À voir son intérieur, on pourrait croire qu'il vient d'emménager et qu'il n'a pas encore eu le temps de décorer son logement.

Je le suis jusque dans la cuisine.

— Assieds-toi, me dit-il.

Il désigne d'un geste un des tabourets noir et chrome devant le comptoir qui divise la cuisine en deux sections, une pour cuisiner et l'autre pour manger. Il déballe son sac d'épicerie — deux steaks, des pommes de terre, de la

laitue, des tomates et un concombre. Puis il
ouvre le frigo.

— Une boisson gazeuse?

— O.K.

Il sort un Coke pour moi et une bière pour
lui, décapsule les bouteilles et fait glisser le
Coke sur le comptoir dans ma direction.

— Tu as parlé à Vin? demande-t-il.

Je hoche la tête.

— Et ça va mieux?

— Ouais.

Riel sourit.

— Qu'est-ce que je peux faire pour toi,
Mike?

Il me faut un moment pour ouvrir la
bouche.

— C'est à propos de maman.

Il tire un tabouret et s'assoit en face de moi.
Il attend. Il m'écoute en silence lui expliquer
ce qui me tracasse et se tait un long moment
une fois que j'ai terminé. Il se contente de
siroter sa bière.

— Bon, finit-il par dire. Si je comprends
bien, tu avances que ta mère a pu être tuée
délibérément.

Je hoche la tête. J'apprécie qu'il ne se soit
pas mis à rire.

— Connais-tu une raison pour laquelle
quelqu'un aurait pu vouloir la tuer, Mike?

— Eh bien... non.

Il avale une autre gorgée de bière.

— Tu sais, c'est ça le problème avec le meurtre, dit-il. Dans presque tous les cas, le meurtrier a un mobile. La vengeance. La colère. Ou alors, la victime possède quelque chose qu'il veut à tout prix s'approprier. Ou il essaie d'empêcher quelqu'un de révéler un secret. Des choses comme ça. Ce que cela veut dire, c'est qu'il y a généralement un lien entre le meurtrier et la victime — ce qui nous donne des pistes pour résoudre l'affaire. Et nous réussissons souvent, d'ailleurs.

Je me demande s'il se rend compte qu'il dit tout le temps *nous*, comme s'il faisait encore partie de la police.

— Quand nous ne bouclons pas l'enquête, je veux dire par là quand nous n'arrêtons pas le coupable, c'est pour deux raisons. Soit nous savons qui a fait le coup, mais nous ne pouvons pas le prouver. Nous n'arrivons pas à réunir les preuves nécessaires. Ou alors, quelqu'un d'autre sait qui l'a fait, mais ne veut pas parler. Les règlements de comptes entre gangs en sont un exemple. La plupart du temps, bien des gens connaissent les coupables, mais ils se taisent parce qu'ils font partie d'un des gangs impliqués, ou il s'agit de citoyens qui craignent des représailles s'ils ouvrent la bouche.

— Et les tueurs en série? En général, ils ne connaissent pas leurs victimes.

— C'est vrai, dit Riel. Mais avec eux, il y a souvent un élément récurrent qui nous permet de faire des rapprochements. Le tueur s'attaque toujours au même genre de personne. Il tue dans un quartier précis ou à une certaine heure du jour ou de la nuit. Il emploie toujours la même méthode. Mais rien de tout cela ne s'applique au cas de ta mère. Et je dois te dire, Mike, que je n'ai jamais entendu parler d'un tueur en série qui se servirait d'une automobile pour tuer. Ce n'est pas leur truc.

Bon. Tout ça est peut-être vrai. Mais quel que soit l'angle sous lequel on regarde la chose, il reste une question.

— Quelqu'un conduisait l'auto qui a tué ma mère. Je sais, vous avez mille fois plus d'expérience que moi...

Un jeune policier frais émoulu de l'école a plus d'expérience que moi, c'est sûr. Mais je continue.

— Ce que je n'arrive toujours pas à comprendre, c'est comment il se fait que quelqu'un qui est saoul ou abruti au point de ne pas voir ma mère dans la rue puisse avoir l'esprit assez clair pour prendre la fuite sans que personne entende ou voie quoi que ce soit.

Riel reprend une gorgée de bière et garde le silence un moment, tout en grattant deux pommes de terre. Apparemment, il aime réfléchir à deux fois avant de parler.

— J'entends bien ce que tu dis, Mike, reprend-il enfin, mais en l'absence de mobile, nous n'avions aucune raison de penser à un meurtre.

Il dépose les pommes de terre sur un plat d'aluminium qu'il glisse dans le four. Puis, il me tourne le dos un moment, le temps de rincer le concombre et les tomates. Il se tourne vers moi.

— Et si tu me racontais tout ce dont tu te souviens avant le jour de l'accident? me propose-t-il.

— Vous voulez dire, le jour où c'est arrivé?

— Les jours, les semaines qui ont précédé l'accident, tous tes souvenirs: ce que ta mère a pu faire, les endroits où elle est allée, à qui elle a pu parler, si elle s'est querellée avec quelqu'un, son emploi du temps, tout...

Il me tend le concombre et les tomates.

— Et par la même occasion, peux-tu me couper ça en rondelles fines?

Mes souvenirs... Je me souviens de tout et de rien, en fait. Tout cela remonte à quatre ans.

À sept heures quarante-cinq, tous les matins du lundi au vendredi, ma mère m'emmenait chez Mme McNab, une femme qui habitait en face de l'école. Maman commençait à travailler à huit heures trente et l'école ne commençait pas avant huit heures quarante-cinq, si bien que je passais une heure dans le salon de Mme McNab à regarder tranquillement des dessins animés tandis que M. McNab dormait. Après l'école, je retournais chez Mme McNab qui me donnait un goûter — le plus souvent des biscuits et du lait — et habituellement, maman repassait me prendre vers dix-sept heures quarante-cinq. Nous rentrions à la maison, maman préparait le souper et quand j'avais fini mes devoirs et si nous avions le temps, nous lisions ensemble.

Le vendredi, nous allions souper au restaurant de M. Jhun. Maman faisait sa comptabilité. Les Jhun aimaient beaucoup ma mère. Quand Mme Jhun n'était pas trop occupée — et quand bien même elle l'était —, elle venait s'asseoir à notre table pour bavarder un moment avec maman. Tout a changé environ un mois avant la mort de maman, quand M. Jhun a été tué.

Riel relève la tête.

— Le Coréen, c'est ça?

Je hoche la tête.

— Tu le connaissais?

— Bien sûr.

Je lui raconte que nous nous installions toujours sur la banquette la plus proche de la caisse — c'était notre place du vendredi soir. Même quand nous arrivions en retard, la table nous était toujours réservée. De là, maman pouvait bavarder avec Mme Jhun, qui tenait la caisse quand le restaurant était bondé, et il l'était toujours le vendredi soir. C'est parce que nous étions installés à proximité de la caisse que nous avons assisté un soir à une discussion houleuse entre M. et Mme Jhun. En coréen, bien sûr. C'était inhabituel. D'ordinaire, ces deux-là semblaient très bien s'entendre. Mais ce soir-là, cela sautait aux yeux que Mme Jhun était en colère et que M. Jhun n'était pas d'accord avec elle. Après un moment, Mme Jhun est venue nous rejoindre à notre table. Maman l'a regardée une seconde, puis m'a envoyé jouer au comptoir. Elle savait que j'adorais m'amuser à faire la toupie sur les tabourets pivotants et pour une fois, elle m'a laissé faire. Elle et Mme Jhun ont discuté un long moment et j'ai tourné jusqu'à avoir mal au cœur. Sur le chemin du retour, j'ai demandé à maman ce qui tracassait tant Mme Jhun. Elle m'a répondu que cela ne me regardait pas, mais plus tard dans la soirée, quand Billy est rentré, je l'ai entendue en discuter avec lui. Le fait qu'elle aille jusqu'à en parler avec Billy m'a mis la puce à l'oreille. Billy se fichait pas mal du vieil homme. Maman s'était fâchée une ou deux fois contre lui parce qu'il se moquait des étrangers, en particulier des Chinois, même si M. Jhun ne l'était pas.

— Déjà qu'il s'obstine à conserver cette pièce d'or sur le haut de la caisse enregistreuse, au vu et au su de tout le monde, disait maman.

La pièce d'or trônait dans une toute petite vitrine de verre. M. Jhun l'appelait son porte-bonheur. Parfois, il me laissait la prendre pour jouer. Elle était lourde, lisse et fraîche dans ma main.

— Mais le vrai problème, c'est qu'il garde de trop grosses sommes d'argent dans l'établissement, a poursuivi maman. Il devrait aller déposer ça dans une banque, mais il n'aime pas les banques. Madame Jhun a essayé de le raisonner. Moi aussi. Je lui ai dit que je gardais tout mon argent à la banque.

J'ai entendu un petit rire et je pouvais deviner ce qui l'amusait : *tout* mon argent... comme si elle avait des millions.

— Madame Jhun est terriblement inquiète et je ne sais pas quoi faire pour la rassurer, a ajouté maman. Elle m'a dit qu'elle avait un mauvais pressentiment. Le restaurant des prédécesseurs des Jhun a brûlé. Tu te souviens de l'incendie, Billy ? Le pâté de maisons avait failli brûler au complet il y a cinq ou six ans. Et j'ai entendu dire que le propriétaire précédent était mort d'une crise cardiaque dans la chambre froide.

— Ouais, à croire qu'il y a un mauvais sort, a commenté Billy.

J'avais l'impression qu'il n'écoutait maman que d'une oreille.

— Je sais bien que le quartier n'est pas dangereux, a repris celle-ci. Mais ce n'est pas une bonne idée de garder autant d'argent chez soi.

— Et de quel montant d'argent parles-tu? a demandé Billy.

C'est l'une des deux questions préférées de Billy, l'autre étant : «Combien ça peut coûter?»

— Je parle d'une grosse somme, a répondu maman. Plus que je ne saurais en faire.

— Et il gagne tout ça dans ce resto? Les gens du quartier ont vraiment des goûts pourris.

— Il fait toutes ses transactions en argent comptant, a expliqué maman. Il paie ses fournisseurs en espèces. Et il est aussi traiteur. Tu serais surpris de voir combien on peut gagner d'argent quand on travaille fort, Billy.

Elle lui lançait gentiment une pique. De ma cachette, j'ai pu l'entendre soupirer.

— Bon, me voilà aussi inquiète que Madame Jhun. J'aurais peut-être dû parler à son mari. Je devrais peut-être l'emmener à ma banque et lui présenter mon gérant.

Billy s'est mis à rire.

— Tu es la mère de Mike. Tu me maternes tout le temps comme si j'étais un enfant. Tu ne trouves pas que c'est assez ? Ce monsieur *John*...

— Jhun, a corrigé ma mère.

— Peu importe. Ce monsieur Jhun n'a pas besoin de ta protection.

Billy se trompait. Le restaurant a été cambriolé moins d'une semaine plus tard. L'établissement était fermé et les Jhun dormaient dans leur logement, au-dessus du restaurant. M. Jhun est descendu quand il a entendu du bruit, il a surpris un cambrioleur et il s'est fait tuer.

— Et deux semaines plus tard, maman est allée dire au revoir à Madame Jhun et elle s'est fait renverser par un chauffard, dis-je à Riel.

J'ai la gorge qui se serre et les paupières qui me piquent chaque fois que je repense à cette nuit-là.

— Je ne sais pas, peut-être que Madame Jhun avait raison, cet endroit devait porter malheur.

Riel, qui approchait le goulot de sa bouteille de ses lèvres, interrompt son geste et me regarde fixement.

— Je te demande pardon ?

— Un mauvais sort. Ce n'est pas que Madame Jhun soit superstitieuse. Elle ne fait pas partie de ces gens qui lancent une poignée de sel par-dessus leur épaule ou qui paniquent à la vue d'un chat noir. Mais il lui arrive d'avoir des pressentiments.

— Es-tu certain que ta mère est allée voir Madame Jhun le soir où elle est morte ?

Je hoche la tête.

Riel ferme les yeux quelques secondes, puis les rouvre et se met à secouer la tête.

— Nous avons demandé partout. Nous avons interrogé tous les gens du quartier, tous ceux qui connaissaient ta mère. Nous avons parlé à ton oncle. Et je suis certain que quelqu'un t'a posé des questions.

Un visage me revient subitement à la mémoire. Une femme en uniforme d'agent de police. Elle m'avait posé toutes sortes de questions sur ma mère et tendu un mouchoir de papier quand je m'étais mis à pleurer.

— Elle avait dit qu'elle avait des courses à faire, reprend Riel. C'est ce que ton oncle nous a dit. C'est ce que nous a dit sa copine… son nom m'échappe.

— Kathy.

— Ouais. C'est ce que Billy lui avait dit. Nous savons qu'elle était allée à la pharmacie, chez Shoppers Drug Mart — elle avait un sac de chez eux, un tube de dentifrice, du détergent à lessive et une bande dessinée des Simpson.

Bon sang, voilà ce qu'on appelle une mémoire photographique! À moins que Riel ait remis le nez dans le dossier dernièrement.

— Nous savons, comme l'attestait le ruban imprimé de la caisse enregistreuse, que ta mère était à la pharmacie environ quarante-cinq minutes avant qu'elle...

Il interrompt sa phrase.

— Nous avons cherché, mais n'avons trouvé personne qui l'ait vue durant cet intervalle. Et personne ne nous a dit qu'elle était au restaurant.

Il me lance un regard peu aimable.

— Pourquoi ne nous as-tu rien dit?

— Mais je pensais que vous le saviez! C'est votre travail, non? Et de toute façon, je ne l'ai pas su avant que Madame Jhun revienne.

— Revienne d'où, Mike? Tu me perds.

— Après la mort de son mari, et comme l'enquête de la police piétinait, Madame Jhun est tombée malade. Si bien que sa sœur l'a convaincue de rentrer en Corée pour qu'elle puisse s'occuper d'elle. Le soir où elle est morte, maman était allée voir Madame Jhun au restaurant. C'était fermé. Madame Jhun a fait ses adieux à maman, puis elle a pris un taxi pour se rendre à l'aéroport. Ce n'est qu'en rentrant au Canada, il y a environ neuf mois, qu'elle a appris que maman était morte.

Riel ouvre le frigo et en sort une botte d'oignons verts.

— Peux-tu émincer ça, Mike ? Haché menu.

Je m'exécute.

— Où puis-je trouver Madame Jhun ? demande-t-il.

Il y a quelque chose de cassant dans sa voix, et l'idée qu'il puisse la soupçonner de quelque chose me traverse l'esprit.

— C'était l'amie de ma mère !

— Je veux seulement faire en sorte que quelqu'un aille lui parler, me rassure Riel. Rien d'autre, Mike.

Il me regarde droit dans les yeux et me parle d'un ton si calme, si tranquille, que je ne peux faire autrement que de le croire, même si je ne suis pas sûr d'avoir raison de le faire. Je lui donne l'adresse de Mme Jhun. Il sort un steak du frigo et se tourne vers moi.

— Tu es sûr que tu n'as pas faim ?

Je salive pratiquement à la perspective d'un steak, mais je m'accroche à mon mensonge.

— Non, j'ai déjà soupé.

Il me fixe encore un moment, puis il hoche la tête.

— Bon, je vais jeter un œil sur cette histoire, dit-il. Je vais aller voir quelques copains. Mais je ne te promets rien, Mike. Nous avons déjà examiné cette affaire sous toutes les coutures. D'accord ?

— D'accord.

Je retiens mon souffle tout le long du chemin qui me ramène à la maison. Je recommence à espérer. À simplement espérer.

CHAPITRE HUIT

J'ouvre si brutalement la porte à moustiquaire qu'elle heurte avec fracas le mur de
brique. Je m'engouffre dans la maison avec la
sensation que mon cœur va exploser dans ma
poitrine.

— Bon sang! s'exclame Billy.

Il a surgi si brusquement dans l'encadrement de la porte du salon que nous entrons
presque en collision.

— J'ai cru que tu avais une tornade aux
trousses, me dit-il. Et où étais-tu, au fait?

— La police va rouvrir le dossier de
maman. Riel va leur parler et leur demander
de reprendre l'enquête...

— Ah ouais?

Billy semble nettement moins enthousiaste
que moi. Mais il faut dire qu'il n'y a pas grand-
chose qui l'excite à part la perspective de faire
la fête avec ses copains ou de passer la nuit
avec sa petite amie, ou encore une combine
pour gagner facilement de l'argent.

— Comment est-ce arrivé? me demande-
t-il.

— Je lui ai parlé. Je lui ai parlé de Madame Jhun. Il n'était pas au courant. Alors, il m'a dit qu'il allait s'en occuper.

— Au courant de quoi?

— Madame Jhun a rencontré maman le soir de l'accident.

J'ai l'impression bizarre de parler une langue étrangère. Billy me regarde d'un air ahuri, comme s'il ne pouvait saisir un traître mot de ce que je lui raconte.

— De quoi parles-tu, Mike?

— Je croyais qu'ils le savaient. Je l'ignorais jusqu'à récemment, mais j'ai cru que les policiers le savaient, eux, parce que c'est leur boulot, non?

— Moins vite, mon vieux, demande Billy.

Il fait un pas vers moi.

— Qu'est-ce que Madame *John* vient faire là-dedans?

— Ce n'est peut-être rien, mais Riel m'a dit que les policiers n'avaient aucune piste, entre autres choses parce qu'ils n'ont trouvé personne ayant rencontré maman ce soir-là. Ils savaient qu'elle était allée à la pharmacie, et c'est tout. Mais elle a vu Madame Jhun au restaurant, ce soir-là.

— Le restaurant était fermé, Mike. Il a fermé aussitôt après que le vieux Chinois a été tué, tu te rappelles? Ils ont fermé boutique et n'ont jamais rouvert depuis.

— Je sais. Et Madame Jhun a décidé de rentrer en Corée habiter chez sa sœur. Elle prenait l'avion ce soir-là. Maman est passée chez elle lui dire au revoir. Et ensuite, Madame Jhun a pris un taxi pour se rendre à l'aéroport. Elle ne savait même pas que maman avait eu un accident. Ou que la police cherchait des personnes qui avaient vu maman ce soir-là. Quand Madame Jhun est revenue ici, la police avait laissé tomber l'enquête et je n'y ai jamais repensé avant d'en parler à Riel…

Billy pose ses mains sur mes épaules et me serre un peu.

— Calme-toi, Mikey. Tu es en train de te monter la tête pour quelque chose qui n'aboutira peut-être à rien.

— Mais Riel m'a dit qu'il allait regarder. Il a dit…

— Regarder, ça ne veut pas nécessairement dire faire quelque chose, tu sais.

Il a le visage complètement défait, comme si prononcer ces mots le faisait souffrir.

— Bon sang, Mike, c'est un délit de fuite commis il y a quatre ans. Ils n'ont jamais retrouvé l'auto ni le conducteur. Je sais bien que tu aimerais savoir ce qui est arrivé à ta mère, Mike. J'aimerais bien, moi aussi. C'était ma sœur. C'est pratiquement elle qui m'a élevé. Mais ça remonte à quatre ans et ils n'ont jamais trouvé le chauffard. Crois-tu vraiment qu'ils aient des chances d'y arriver maintenant? Celui qui a fait ça s'est probablement débarrassé de l'auto depuis des années.

— Mais les policiers sont en train d'élucider de vieilles affaires, Billy.

Ce que je veux, c'est qu'on me dise ce qui *est* arrivé. Je suis fatigué qu'on me dise ce qu'on ne peut pas faire.

— Moi aussi, je lis les journaux de temps en temps, réplique Billy. C'est grâce à l'ADN qu'ils arrivent à élucider ces crimes, et ils avaient déjà des pistes. C'est tout à fait autre chose.

Tous mes espoirs s'effondrent et je me sens d'une humeur aussi pétillante qu'un Coke éventé. Billy a peut-être raison. Après tout, si Mme Jhun avait remarqué quelque chose d'inhabituel, elle en aurait déjà parlé, non? Elle a vu maman. Je le sais parce qu'elle me l'a dit. Maman est passée chez elle lui souhaiter bon voyage. Ensuite, Mme Jhun a pris un taxi et la dernière chose dont elle se souvient, c'est d'avoir vu ma mère descendre l'avenue Danforth pour rentrer chez elle.

— As-tu des devoirs à faire? demande Billy.

Voilà autre chose. Qu'est-ce qui lui prend tout à coup?

— Tu as des ennuis, rappelle-toi, ajoute Billy. Si tu continues à négliger ton travail scolaire, ça fera mauvais effet quand tu comparaîtras au tribunal et que tu essaieras de convaincre le juge que tu es un bon petit gars qui n'a péché qu'une seule fois.

— Est-ce que tu te sens bien, Billy?

J'essaie de plaisanter.

— Va faire tes devoirs, Mike.

Je me dirige dans le salon bien décidé à faire mes devoirs vautré sur le canapé, comme d'habitude. Billy me bloque l'entrée.

— Nous avons du monde, murmure-t-il.

Je jette un coup d'œil dans la pièce. Dan et Lew sont là, une bière à la main. Dan me salue en levant sa bouteille.

— Je trinque aux devoirs et à l'école secondaire, lâche-t-il. La seule bonne chose qu'on peut en dire, c'est qu'une fois que c'est fini, ça l'est pour toujours.

— *Amen*, conclut Lew.

— Encore deux ans, Mike, reprend Dan, et tu seras un homme libre, comme nous.

Deux ans. Sept cent trente jours. Autant dire une éternité. Je pousse un soupir et monte dans ma chambre faire mes devoirs.

La journée du vendredi commence mal. Je me réveille avec un mal au crâne qui ne fait qu'empirer à mesure que j'attends, posté au coin de la rue où habite Jen. Il y a si longtemps que je suis planté ici que je me demande si je ne l'ai pas manquée. Mais c'est impossible. Je suis arrivé très tôt. Et elle n'a pas pu passer sans que je m'en aperçoive, à moins qu'elle ait décidé de partir à l'école à six heures. Je m'apprête à repartir — ce ne serait pas une bonne idée d'arriver en retard à l'école — quand je l'aperçois qui descend l'allée de sa maison, une grosse boîte dans les mains. Elle emprunte le trottoir et se dirige vers moi d'un pas rapide, comme si elle savait qu'elle est en retard, puis elle s'arrête net en m'apercevant. Elle jette un coup d'œil en arrière — au cas où sa mère l'épierait depuis le perron ou d'une fenêtre.

Je ne bouge pas. Ce serait une grave erreur de me précipiter à sa rencontre alors qu'elle se demande avec angoisse si sa mère la surveille ou non. J'attends qu'elle me rejoigne.

— Salut ! fait-elle.

Elle me regarde à peine, comme si elle ne s'intéressait plus à moi. Comme si elle s'intéressait à quelqu'un d'autre désormais. Un grand blond qui répond au nom de Patrick, par exemple.

Je tente de lui prendre la boîte des mains. J'aimerais rentrer dans ses bonnes grâces en la transportant pour elle.

— Laisse, me dit-elle. Je peux me débrouiller.

— D'accord, pas de problème.

Je lui souris, sans être payé de retour.

— Au fait, qu'est-ce que tu transportes là-dedans?

— Un gâteau, répond-elle. L'Association des athlètes féminines organise une vente de gâteaux pour financer l'achat d'uniformes.

— Je parie que vous allez tout vendre en un clin d'œil.

Elle ne répond pas et je cherche un autre sujet de conversation.

— Vin et Sal se sont fait pincer, eux aussi.

— Je sais.

Oh!

— Et j'ai entendu dire que la police t'a demandé avec qui tu étais et que tu as refusé de leur dire, ajoute-t-elle.

— Ouais.

Elle plante ses yeux verts dans les miens.

— Pourquoi ne le leur as-tu pas dit?

— Quoi?

Je n'en crois pas mes oreilles.

— Tu aurais préféré que je dénonce mes copains?

— C'étaient eux les coupables, non? Je te connais, Mike. Je sais que tu n'aurais jamais fait une chose pareille si Vin ne t'y avait pas poussé. C'est un petit délinquant. Tu n'es pas comme lui.

— Eh, attends un peu! Sais-tu de qui tu parles? Vin est mon meilleur ami.

— Tout le monde raconte que c'était son idée à lui. C'est vrai ou non?

Oui, c'est vrai. Mais de quoi aurais-je l'air si je rejetais tout le blâme sur Vin? Et j'ai quand même attrapé le carton qu'il m'a lancé. J'ai détalé derrière Vin et Sal. J'ai même mordu dans une tartelette.

— Nous l'avons décidé ensemble.

C'est faux. Mais on ne peut pas faire moins pour son meilleur ami.

Jen serre les lèvres. Elle ressemble à sa mère à faire peur.

— Tu es en train de me dire que voler dans ce camion était ton idée?

— Ce n'étaient qu'une ou deux boîtes de petits gâteaux.

— C'était un crime! Tu pourrais te retrouver avec de gros ennuis.

— Je suis mineur.

Ce n'est pas une bonne idée de lui sortir cet argument.

— Et tu crois que parce que tu es mineur, tu peux faire tout ce qui te plaît? Tu crois qu'il ne va rien t'arriver?

Bon sang, qu'est-ce qui se passe?

— Jen, ce que j'ai fait est mal. Je l'admets. Je me suis fait prendre.

— Mais tu as refusé de collaborer avec la police.

— Ce sont mes amis! Pourquoi ne le comprends-tu pas? Je vais comparaître en cour. Je vais payer pour cette bêtise. Et je n'ai aucunement l'intention de recommencer.

— Je t'ai défendu, me dit-elle.

— Quoi?

— Devant mes parents. Je t'ai défendu. Les *deux* fois.

— Comment ça, «les deux fois»?

Mais j'ai déjà deviné.

— Je n'ai jamais touché au vélo de ton père!

Douce Jen! Elle n'a plus l'air aussi douce, à présent.

— Tu étais dans la maison juste avant que le vélo soit piqué, dit-elle. Et tu savais où était la clé.

Les parents de Jen accrochent leurs clés à une sorte de grande clé munie de crochets qui est fixée au mur de la cuisine.

— Je n'ai jamais touché au vélo de ton père! C'est à cause de ce gars, pas vrai?

— Quel gars?

— Le fils de l'amie de ta mère, son nom m'échappe…

— Qu'est-ce que Patrick vient faire là-dedans?

163

Cinq. Quatre. Trois. Deux. Un… j'y vais.

— Est-ce que tu sors avec lui?

Jen devient écarlate. Elle ne pourrait pas me mentir même si elle le voulait, pas après avoir rougi comme ça. Mais je lui accorde qu'elle n'essaie même pas. Les larmes lui montent aux yeux.

— Super, Jen!

Et j'ai alors une réaction stupide, mais stupide! Je lui prends la boîte des mains et la jette sur le trottoir. Jen lâche un cri. La boîte se ratatine sous l'impact, ce qui ne présage rien de bon pour le gâteau qu'elle renferme. Mais je suis bien trop furieux pour m'en soucier. Je tourne les talons et prends la direction de l'école d'un pas décidé. J'ignore ce que Jen peut bien faire, et je m'en fiche.

Je ne sais pas ce que j'attendais, mais je pensais qu'il allait se passer quelque chose. Je suis en classe d'histoire et j'essaie d'oublier mon mal de tête et mon estomac barbouillé. Je surveille de près l'expression de Riel, persuadé qu'il me fera comprendre quelque chose ou qu'il va me retenir une fois le cours terminé pour m'annoncer des nouvelles intéressantes. Mais je ne lis rien sur son visage et à la fin de l'heure, il ne me fait pas signe. Je m'avance vers son bureau pour lui demander où il en est, mais Vin me kidnappe à mi-chemin.

— Une petite fête ce soir, ça te dit?

Je me tourne machinalement vers lui, puis pivote sur moi-même à la recherche de Riel. Il a disparu.

— Hein?

— Un party, ce soir?

— Je croyais que tu étais privé de sortie, Vin.

À l'entendre l'autre jour, on aurait cru que ses parents allaient le consigner à la maison jusqu'à ce qu'il fête ses vingt et un ans.

— Il n'y a pas de punition qui tienne quand les parents ne sont pas là pour appliquer la sentence, annonce-t-il. C'est comme recevoir une gifle de quelqu'un qui n'a pas de mains. Mon cousin Frank a invité du monde chez lui. Mélinda y sera.

— Mélinda?

— La fille dont je te parlais l'autre jour. Bon sang, Mike, est-ce qu'il t'arrive de m'écouter? Viens. Tu pourras la rencontrer. Elle a peut-être une copine.

Je hausse les épaules. Pourquoi pas? Je n'ai rien de prévu ce soir. Au train où vont les choses, je n'ai rien de prévu pour le restant de mes jours.

À la dernière minute, je songe à décliner. Mon mal de tête s'est dissipé, mais mon estomac recommence à faire des siennes.

— C'est le stress, Mike, diagnostique Vin comme s'il possédait soudain un diplôme de médecine. Il faut que tu rencontres cette fille. Il le faut.

Si bien que j'accompagne Vin à sa soirée. Sal voulait venir, mais lui aussi est assigné à domicile et son père est à la maison pour y veiller. Mélinda est déjà là quand nous arrivons et Vin a raison, c'est une beauté. Mais pour ce qui est d'avoir des sentiments pour Vin… si on compte le nombre de fois où une fille lève les yeux au ciel chaque fois qu'un gars l'invite à danser, ouais, on ne peut pas dire qu'il lui soit indifférent. J'ai presque envie de rire, parce qu'à bien y penser, c'est le même type de sentiments que Jen nourrit à mon égard.

Toutes les amies de Mélinda ont un copain et Vin et moi faisons tapisserie, ce qui n'empêche pas Vin de tout faire pour attirer l'attention de sa belle. Je tourne autour du buffet, grignote des croustilles et bois du Coke en jouant le gars totalement absorbé par la musique et que le manque d'attention des autres laisse indifférent. Et soudain, c'est l'éruption. Un vrai volcan. Je me précipite vers la salle de bains. Trop tard.

— Ouache! fait l'une des filles, peut-être Mélinda.

— Bon sang, fait Vin. Je n'ai jamais vu quelqu'un dégueuler comme ça.

Frank, le cousin de Vin, est furieux.

J'ai la tête qui tourne. Je vomis encore. Puis, je ne sais pas trop comment, Billy arrive avec Dan et Lew. Billy me pousse sur la banquette arrière de sa Toyota. Nous roulons quelques kilomètres quand la nausée me reprend. Billy freine, s'arrête et m'entraîne précipitamment sur le bord de la rue.

— Si tu veux dégueuler, vas-y, me dit-il d'un ton peu aimable. Mais pas dans mon auto, Mikey. Pas question.

J'entends un rire, mais je n'ai pas le temps de voir si c'est Dan ou Lew. Je suis trop occupé à vomir tripes et boyaux.

— C'est fini? demande Billy au bout de quelques minutes. Il fronce le nez, dégoûté, mais me guide d'une main douce jusqu'à l'arrière de la voiture.

— Il y a du rince-bouche dans la boîte à gants, dit-il à Dan. Passe-le-moi, veux-tu?

Billy tient à avoir l'haleine fraîche pour ses copines.

Dan lui tend le flacon. Billy dévisse le bouchon.

— Rince-toi et crache, m'ordonne-t-il en me mettant la bouteille entre les mains. Tu vas te sentir mieux.

J'obéis. Puis il ouvre la portière arrière et m'aide à monter.

— Tu as encore bien des choses à apprendre, Mike, déclare Dan. À ton âge, Billy pouvait boire une caisse de douze sans problème.

— Mais je n'ai rien bu !

Je n'aime même pas le goût de la bière.

— Je ne me sens pas très bien.

— Mike est un bon garçon, dit Billy. Le mouton blanc de la famille.

Habituellement, c'est pour me taquiner qu'il dit ça. Mais ce soir, il n'a pas l'air de me taquiner. J'ai plutôt l'impression qu'il me défend.

— Si tu oublies le cambriolage d'un camion de livraison. Ou cette histoire de vélo, réplique Dan en haussant les épaules.

Il se met à rire, puis remonte en voiture, tout comme Billy. Je me retrouve sur la banquette arrière avec Lew.

L'auto fait un bond. Mon estomac aussi. Je serre les dents pour combattre la nausée.

— Si tu sens que tu vas encore être malade, tu me préviens. O.K., Mike ?

— Je veux rentrer à la maison.

— N'y pense pas, Mike. Pas tout de suite, en tout cas. J'ai autre chose au programme. Ferme les yeux et essaie de dormir. Tu as attrapé un petit microbe, mais ça va se tasser.

Je ferme les yeux et la tête se met à m'élancer. Puis tout commence à tourner : l'intérieur de la voiture, et finalement le monde au complet, comme si j'étais le soleil et qu'autour de moi, l'univers tournoyait sur lui-même comme pris de folie. Je me bagarre avec la manette de la portière, baisse la vitre et passe la tête dehors.

— Bon sang, grogne Billy en ralentissant pour s'arrêter encore une fois. Mikey, tu es en train de dégueuler sur ma carrosserie.

— Ça pourrait être pire, lui dit Dan. Imagine si c'était une belle peinture, plutôt que ce bricolage maison que tu as fait.

— Un compliment de la part du Rembrandt de la carrosserie, je suppose ? rétorque Billy.

— De la part d'un artisan expert, réplique Dan. Si je peux me permettre.

— Et tu te le permets ! lance Lew. Tout le temps.

Je dois m'être endormi, comme Billy l'avait prévu, parce que la première chose dont je prends conscience, c'est du rayon de soleil qui perce à travers la vitre sale. Je suis couché sur la banquette arrière et quelqu'un m'a mis une couverture. Je suis seul dans l'auto, qui est garée dans une ruelle que je ne reconnais pas. Mon mal de tête a disparu, mais mon estomac fait encore des siennes. Je me relève avec précaution. J'ai l'impression d'avoir une chaussette mouillée à la place de la langue, mais j'ai la bouche aussi sèche qu'une vieille peinture. Je troquerais l'auto de Billy contre un litre d'eau.

Je reste assis un moment, attendant que le malaise se dissipe, puis j'ouvre la portière et me glisse à l'extérieur. Où suis-je ?

La ruelle se prolonge sur deux pâtés de maisons, dans les deux directions. Les bâtisses qui la bordent sont toutes basses et n'ont pas plus de deux ou trois étages. Je ne reconnais rien, surtout depuis la ruelle. Et j'ignore où est passé Billy. Je fais donc la seule chose qui me vient à l'esprit — je contourne la voiture jusqu'à la portière du conducteur, l'ouvre, puis je me penche et donne deux ou trois coups de klaxon.

Rien.

Je recommence. J'entends cette fois quelqu'un pousser un juron. Une porte s'ouvre et la tête de Billy apparaît. Il est tout habillé, mais à voir son expression et ses cheveux dressés dans toutes les directions, je sais que je l'ai réveillé.

— Je veux rentrer à la maison, lui dis-je.

— Eh bien, rentre ! Inutile de réveiller tout le quartier !

— Je n'ai pas un sou, Billy. Je ne sais pas où on est. Et je ne me sens pas bien.

— Ce que tu peux être casse-pieds par moments, grommelle-t-il.

Mais il me gratifie aussitôt de son bon vieux sourire tordu. Il pose une main sur mon front. Pendant une fraction de seconde, il me rappelle ma mère.

— Tu n'es pas chaud, conclut-il. C'est bon signe.

Il se retourne vers la porte par laquelle il est sorti et pousse un soupir.

— Je suis descendu cinq ou six fois pendant la nuit pour voir comment tu allais. J'aurais préféré te faire entrer, mais Dan ne voulait pas que tu te mettes à dégueuler et à gâcher la fête.

— Mais où sommes-nous, au fait ?

— Chez Dan et Lew.

Je le regarde sans comprendre.

— Leur *nouveau* logement. Ils ont emménagé il y a quelques mois.

Avant de remonter en voiture, je jette un coup d'œil sur le bâtiment.

— Qu'est-ce que c'est ? Une maison ?

— C'est un garage, Einstein ! Un garage avec un appartement à l'étage. Dan est propriétaire du garage — il repeint des autos pour son compte, à présent. Lui et Lew habitent au-dessus. Si tu voyais leur installation ! Un jour, j'aurai un appartement comme ça !

Billy me conduit jusqu'à la maison. Il me laisse descendre et reste derrière le volant. Au bout de quelques secondes, il jure dans sa barbe, sort de l'auto et claque la portière derrière lui.

— Je suis trop crevé pour retourner là-bas, dit-il en me donnant une claque, mais sans méchanceté. La prochaine fois que tu te sens malade, Mike, reste à la maison, d'accord? J'ai des choses à faire. Je ne peux pas passer mon temps à aller te récupérer dans des soirées à tout bout de champ.

À tout bout de champ! Comme si ça lui arrivait souvent!

Il entre dans la maison et je lui emboîte le pas. Il monte aussitôt à l'étage. J'entends deux bruits sourds — ses bottes qui dégringolent sur le plancher — puis un son mat — son corps qui s'effondre sur le matelas. Je me dirige vers la cuisine et fouille dans la petite armoire où maman rangeait ses épices. La plupart ont disparu et celles qui restent sont desséchées et éventées. Sur l'étagère du haut se trouve un flacon de comprimés d'acétaminophène. J'en prends deux que je fais descendre avec deux verres d'eau. Puis je gagne le salon et m'allonge sur le canapé.

Vers midi, le mal de tête a disparu et mon estomac ne me donne plus l'impression de vouloir exploser d'une seconde à l'autre. Je reste étendu, encore un peu barbouillé, quand soudain mon esprit se remet à fonctionner. Riel m'a promis de faire quelque chose. Il m'a dit qu'il irait parler à des copains à lui. Cela veut-il dire que quelqu'un va aller rencontrer Mme Jhun? L'aurait-on déjà fait?

Après avoir pris une douche, changé de vêtements et avalé un autre verre d'eau, je sors et me dirige chez elle.

Elle est assise sur sa galerie, un chandail jeté sur ses épaules et une tasse de thé à la main. Elle ne me regarde pas, même lorsque je grimpe les marches sous son nez.

— Madame Jhun?

Elle fixe toujours le vide.

— Ça va, Madame Jhun?

Elle tourne la tête et m'examine un moment. J'ai l'impression qu'elle se demande non pas *qui* je suis, mais *ce que* je suis.

— Michael, finit-elle par dire. Approche et viens t'asseoir.

Je tire une chaise et m'installe à côté d'elle.

— Vous êtes sûre que ça va, Madame Jhun?

— Que puis-je faire pour toi, Michael?

— Je me demandais si les policiers étaient venus vous parler.

— Les policiers? Pourquoi voudraient-ils me parler?

Voilà qui répond à ma question. Ils ne sont pas encore passés la voir, ce qui veut dire que Riel n'a pas encore pris contact avec ses anciens collègues, ou bien que ceux-ci n'ont pas eu le temps de venir lui parler.

— C'est à propos du soir où maman est morte. Vous l'avez vue, ce soir-là, vous vous rappelez? Vous me l'avez dit.

Mme Jhun hoche la tête.

— Elle est venue me dire au revoir, dit-elle.

Elle sourit, d'un sourire en coin. Ses yeux semblent fixés au loin et je me demande si elle voit quelque chose qui m'échappe, ou si elle est simplement perdue dans ses souvenirs.

— Vous étiez dans votre restaurant pour la dernière fois et maman est arrivée et vous lui avez parlé, n'est-ce pas?

Elle hoche encore la tête. Lentement, de haut en bas, comme si son crâne pesait une tonne. Je prends conscience que je ne suis pas le seul à ne pas être en grande forme.

— Vous souvenez-vous d'autre chose, à propos de ce soir-là? Avez-vous vu quelqu'un dans la rue? Avez-vous vu maman parler à quelqu'un ou remarqué que quelqu'un la suivait?

— Elle avait acheté une bande dessinée pour toi. Elle me l'a montrée.

— C'est vrai!

Super! Elle se rappelle de certains détails.

— Quoi d'autre, Madame Jhun? Vous rappelez-vous autre chose?

— Elle m'a dit que j'allais lui manquer. Je pense que c'est la seule personne qui m'ait jamais dit ça. *Vous allez me manquer.*

Mme Jhun a chuchoté ces mots.

— Elle m'a serrée contre elle avant que je monte dans le taxi, ajoute-t-elle. Ta mère embrassait toujours les gens.

Je sais. Elle m'embrassait peut-être douze fois par jour. Mais quand j'ai eu onze ans, je me suis mis à m'écarter d'elle dès que je la voyais arriver vers moi en ouvrant les bras.

— Maman! Bon sang, j'ai presque douze ans!

Comme si j'étais devenu trop grand pour ce genre de choses! Aujourd'hui, je vendrais mon âme pour qu'elle me prenne une fois dans ses bras.

— Elle m'a embrassée, je suis montée dans le taxi et elle est partie, reprend Mme Jhun. Elle rentrait chez elle pour te donner l'album de bandes dessinées après que tu allais te brosser les dents. Elle disait que tu n'aimais pas te brosser les dents.

C'est vrai. Mais il y a deux ans, le dentiste a trouvé des caries dans ma bouche. Et ça m'a guéri de mon aversion pour le dentifrice. Vous savez, cinq minutes par jour devant le lavabo, ça vaut mieux que cinq secondes sous la fraise du dentiste, sans parler des cris qu'a poussés Billy quand il a dû payer la facture.

— Elle s'est arrêtée pour parler à cet homme, reprend-elle. Elle parlait à tout le monde.

— Quel homme?

Madame Jhun sourit.

— L'homme avec la bouche qui brillait, répond-elle. Il scintillait comme le soleil.

— L'homme avec la bouche qui brillait?

Elle ferme les yeux et se cale contre le dossier de sa chaise.

— Ça va, Madame Jhun?

— La journée a été longue, Michael. Je suis fatiguée.

Il n'est que quatorze heures. Mme Jhun se redresse pour se lever, mais elle tient à peine debout. Elle s'agrippe au bras du fauteuil d'aluminium dans lequel elle était assise et qui se met à vaciller. Je me lève d'un bond et lui attrape le bras. Elle s'appuie sur moi jusqu'à ce qu'elle atteigne la porte.

— Bonne nuit, Michael.

Bonne nuit?

— Madame Jhun…

La porte se referme doucement. Je reste planté sur la galerie en me demandant quoi faire. Confus, je bats en retraite et redescends le perron. J'atteins l'allée et me retourne vers la maison. Puis je m'éloigne et pars à la recherche d'un autre type de réponse.

CHAPITRE NEUF

Cette fois, je n'hésite pas devant chez Riel. Je gravis les marches du perron et me mets à cogner sur la porte. Riel vient m'ouvrir, un manuel d'histoire de quatrième secondaire dans une main et un cahier dans l'autre.

— Il y a une sonnette, tu sais, dit-il. Ça ménage la porte.

— Vous m'avez dit que vous alliez parler à vos amis. Vous m'avez dit que vous alliez revoir ce qui s'était passé.

— Veux-tu entrer, Mike ?

— Non! Je veux savoir pourquoi vous m'avez menti!

Il s'écarte pour me laisser entrer et attend tranquillement jusqu'à ce que j'oublie que je viens de lui dire que je n'entrerai pas.

— As-tu soif ? demande-t-il.

— Personne n'est encore venu lui parler.

Il marque sa page avec son stylo, puis dépose son manuel sur la table près du téléphone.

— Tu veux parler de Madame Jhun ? vérifie-t-il.

Il a au moins retenu son nom.

Je hoche la tête.

Il soulève le combiné et compose un numéro.

— Steve? C'est Riel. Écoute, tu te souviens de ce service que je t'avais demandé?

Il me jette un coup d'œil tout en écoutant la réponse de Steve.

— Ouais, O.K., finit-il par dire. Tiens-moi au courant.

Il pousse un soupir et replace le combiné sur l'appareil. Cela n'augure rien de bon.

— Je travaillais avec Steve, reprend-il. C'est un bon policier.

— Il ne lui a pas parlé, n'est-ce pas?

— Pas encore.

— Mais il va le faire?

— Il va voir ce qu'il peut faire.

Bon sang!

— Qu'est-ce que ça veut dire?

— Ça veut dire qu'il est occupé, Mike. Je ne sais pas si tu es au courant, mais le service de police doit composer avec de fortes restrictions budgétaires. Avant, tu te faisais piquer ton portefeuille et une demi-heure plus tard, un policier sonnait chez toi pour prendre ta déposition. Cette époque est révolue, Mike.

— Vous comparez la mort de ma mère au vol d'un portefeuille?

— Non, répond-il sans hausser le ton, sans même sembler agacé par mes cris. Mais il s'agit ici d'une affaire qui s'est produite il y a plusieurs années et ces gars-là sont déjà plongés jusqu'au cou dans des affaires qui se sont produites cette semaine, quand ce n'est pas ce matin. Il a dit qu'il allait s'en occuper. Et s'il me dit qu'il va le faire, il le fera. Je le connais, Mike.

Je le crois. Je ne voudrais pas, mais je le crois tout de même. Je ne pense pas que je pourrais croire ce que me raconte un policier ou un ex-policier, en l'occurrence. Mais Riel, je ne sais pas pourquoi, je le crois. Je ne peux pas expliquer pourquoi.

Il tend la main vers son manuel et s'apprête à l'ouvrir.

— Elle s'est souvenue de quelque chose, dis-je.

Le manuel reste fermé.

— Tu lui as parlé?

— Je suis passé chez elle pour lui demander si des policiers étaient venus la voir. Elle m'a dit qu'elle avait vu maman parler à un gars qui avait la bouche qui brillait.

— La bouche qui brillait? De quoi parles-tu?

— Je ne sais pas. Je ne suis même pas certain qu'elle savait ce qu'elle disait. Elle avait un drôle de comportement. Je crois qu'elle ne va pas bien.

— Que veux-tu dire?

180

Je lui raconte qu'elle n'a pas semblé me reconnaître au départ, je lui parle de son drôle de sourire en coin et de son expression étrange, de ses jambes qui flageolaient quand elle s'est mise debout, de sa grande fatigue.

— J'espère qu'elle ne vit pas seule, déclare Riel quand je lui raconte que Mme Jhun m'a dit : «Bonne nuit».

— Elle vit seule. Pourquoi?

— Est-elle en bonne santé, d'habitude?

— Je n'en sais rien.

— Quel âge a-t-elle, à ton avis?

Je lui réponds que je n'en sais rien non plus.

— Mais tu sais où elle habite, hein?

— Ouais.

— Viens. Tu vas me piloter.

Riel prend sa voiture. En face de chez Mme Jhun, il se gare n'importe comment. J'aurais pensé qu'un policier savait mieux conduire que ça, mais je présume qu'ils peuvent se stationner où ils veulent et que bien ranger leurs voitures ne fait pas partie de leurs priorités. Riel grimpe les marches quatre à quatre et se met à cogner à la porte.

— Il y a une sonnette, lui dis-je avant de poser moi-même le doigt dessus. Ça ménage la porte.

Il appuie à son tour sur la sonnette, attend, sonne encore.

— Elle est peut-être sortie, dis-je.

— Peut-être.

Il s'approche d'une fenêtre et place ses mains en écran pour essayer de distinguer ce qu'il y a à l'intérieur.

Une seconde plus tard, il retourne à la porte, tourne la poignée d'une main tout en plongeant l'autre dans sa poche pour en extraire son téléphone cellulaire.

— Qu'est-ce qui se passe?

Il me lance l'appareil.

— Appelle le 911. Donne-leur l'adresse. Dis-leur qu'il y a une personne inconsciente à l'intérieur, que tu ne sais pas pourquoi. Dis-leur d'envoyer une ambulance.

— Mais qu'est-ce que?…

— Appelle, Mike!

Il recule d'un pas et balance un grand coup de pied dans la porte. Il doit s'y reprendre à deux fois avant que la serrure cède. J'ai une répartitrice du 911 à l'autre bout du fil. Je lui fournis les renseignements d'une voix tremblante, coupe la communication et pénètre à mon tour dans la maison.

Mme Jhun est étendue sur le parquet du salon. À côté d'elle sont éparpillés les fragments de la tasse de thé qu'elle avait à la main la dernière fois que je l'ai vue. Riel est penché sur elle.

— Elle respire, lance-t-il avec soulagement.

J'ai peur. Je n'avais pas imaginé qu'elle puisse ne plus respirer.

— Passe-moi cette couverture.

J'attrape la couverture au crochet drapée sur le dossier du canapé. Riel la déploie au-dessus de Mme Jhun, qu'il couvre jusqu'au menton.

— Tu as eu le 911? me demande-t-il.

— Ils envoient quelqu'un.

Je regarde Mme Jhun. Je la taquinais toujours en lui disant qu'elle paraissait jeune, mais elle n'a plus l'air jeune à l'heure qu'il est. Elle a l'air vieille et fragile, et l'idée qu'elle puisse être en train de mourir me traverse l'esprit.

— Assieds-toi, Mike, m'ordonne Riel.

J'ai beau l'entendre, je suis incapable de réagir. Je regarde fixement Mme Jhun, qui a l'air totalement sans défense.

— Mike!

Je détourne les yeux de Mme Jhun.

— Assieds-toi, Mike, tu vas t'effondrer.

Encore ce ton tranquille, le ton posé qui vous fait croire qu'il a la situation en main, même si ce n'est pas le cas. Je recule jusqu'au canapé et me laisse tomber.

J'entends presque aussitôt la sirène stridente d'une ambulance, puis des bruits de portes qui claquent et le martèlement de pas sur les marches du perron et sur la galerie. La pièce est soudain emplie d'ambulanciers armés d'équipement médical et d'une civière. Riel leur explique calmement la situation, puis leur cède la place. Il me fait signe.

— Viens.

— Je veux voir ce qui se passe.

Il me touche le bras.

— On va attendre à l'extérieur, Mike. Laisser les ambulanciers faire leur travail.

Je n'ai pas envie de m'en aller, mais je me lève quand même et nous sortons de la maison. Les voisins ont mis le nez dehors et regardent la scène, plantés sur leur galerie ou le trottoir, curieux d'en savoir plus.

— Pensez-vous qu'elle va s'en sortir ?

— Je n'en sais rien, répond Riel.

Au moins une réponse honnête.

Les ambulanciers sortent de la maison en transportant Mme Jhun sur la civière. Elle a toujours les yeux fermés. Riel les suit jusqu'à l'ambulance. Je le vois leur poser des questions tandis qu'ils hissent la civière dans le véhicule. Mon cœur fait un bond quand la portière claque.

Riel revient vers moi.

— Ils l'emmènent au East General. Veux-tu y aller ?

Je hoche la tête et me dirige vers sa voiture. Il me lance les clés.

— Je reviens tout de suite, dit-il.

Je préférerais qu'on parte sur-le-champ, mais je comprends soudain ce qu'il est en train de faire. Il se dirige vers le petit groupe de curieux et se met à leur parler. J'ignore quelles questions il leur pose, mais une femme s'avance vers lui. Je la reconnais. Elle habite la maison voisine de celle de Mme Jhun. Il leur arrive de prendre le thé ensemble. Riel lui parle en lui indiquant d'un geste la maison. Il sort un calepin de sa poche, griffonne quelque chose, puis déchire la page qu'il tend à la femme. Il fait demi-tour et revient enfin me rejoindre.

— La voisine va appeler quelqu'un pour réparer la serrure, explique-t-il en démarrant. Elle dit que la plupart des membres de la famille sont rentrés en Corée, mais qu'il y a encore une nièce à Vancouver. Connais-tu leur nom ou sais-tu comment les rejoindre?

— Non, mais ils lui écrivent tout le temps et je sais qu'elle leur téléphone le dimanche. Elle attend toujours pour profiter des tarifs réduits.

Riel hoche la tête.

— Je vais te déposer à l'hôpital et je reviendrai pour essayer de dénicher leur numéro de téléphone.

L'urgence du East General est bondée, mais il ne faut beaucoup de temps à Riel pour vérifier que Mme Jhun est bien hospitalisée ici et qu'elle se fait examiner par un médecin.

— Ça risque d'être long, me dit-il.

Ça m'est égal. Je n'ai rien de mieux à faire.

— Je vais revenir aussitôt que possible, promet Riel.

Trente minutes plus tard, il est de retour. Il se dirige vers l'infirmière de service et lui tend un morceau de papier. Il s'entretient un moment avec elle, puis revient vers moi et s'assoit sur la chaise contiguë à la mienne dans la salle d'attente.

— Apparemment, elle a eu une attaque.

— C'est grave?

— Ça peut être très grave.

Sa franchise me surprend, parce que bien des adultes m'auraient dit de ne pas m'inquiéter.

Nous attendons. Riel a le temps d'avaler trois tasses de café et moi de vider deux cannettes de Coke, et toujours rien. Riel me demande si je veux manger quelque chose. Mon estomac s'est calmé, mais je n'ai aucun appétit.

— Je n'ai pas faim.

Il n'insiste pas.

J'aperçois une femme qui porte un stéthoscope autour du cou venir parler à l'infirmière avec qui Riel discutait tout à l'heure. Quand celle-ci pointe le doigt vers Riel, la femme a l'air un peu surpris. Elle se dirige vers nous. Je donne un coup de coude à Riel et nous nous levons.

— John? dit-elle en haussant légèrement les sourcils.

— Susan.

Riel se tourne vers moi.

— Mike, je te présente la docteure Thomas.

— Vous connaissez Madame *John*? demande la docteure Thomas.

— Jhun. Elle s'appelle Jhun.

Riel me présente.

— C'est une amie de la famille de Mike, explique-t-il.

Je regarde le médecin.

— Comment va-t-elle?

Susan Thomas jette un coup d'œil à Riel.

— Son état est critique. Nous allons prendre contact avec sa famille, John, mais…

— Est-ce que je peux la voir?

— Pas maintenant, Mike, répond-elle. Peut-être plus tard.

Peut-être. Elle n'a pas dit sûrement.

La journée est bien avancée à présent.

— Je vais ramener Mike chez lui, déclare Riel. S'il arrive quoi que ce soit, vous avez mon numéro de cellulaire. Prévenez-moi, Susan, d'accord?

Riel me reconduit à la maison — ce n'est pas loin —, mais une fois devant chez moi, je n'arrive pas à me décider à descendre de son auto. Il faut que je sache.

— Critique, ça veut dire grave, n'est-ce pas?

C'est le terme qu'a employé la docteure Thomas pour décrire l'état de Mme Jhun. *Critique.*

Riel me regarde droit dans les yeux et secoue la tête.

— Ça ne peut pas être plus grave, répond-il.

Bon sang, ce gars n'a pas l'habitude de mettre des gants blancs.

— Mais ça ne veut pas dire que la situation soit irréversible, ajoute-t-il.

— Vous pensez qu'elle va se remettre?

Il me regarde longuement, d'un regard sombre et indéchiffrable.

— Je ne suis pas médecin, Mike. Je n'en sais vraiment rien.

C'est à nouveau le silence dans l'auto. Et j'ai l'impression que le monde entier est plongé dans le silence.

— As-tu mangé quelque chose aujourd'hui? me demande Riel.

Je secoue la tête. Pendant la première moitié de la journée, l'idée même de nourriture me donnait la nausée. Et par la suite, tout est allé si vite que je n'y ai plus pensé.

Riel remet le contact.

— Je n'arrive pas à réfléchir quand j'ai l'estomac vide, fait-il.

Nous aboutissons dans un minuscule restaurant dans la rue Queen, près de Coxwell. Je présume que ce n'est pas un hasard s'il y a un poste de police juste à côté. Riel s'installe dans la banquette tout au fond et fait signe à la serveuse.

— Ils font d'excellentes côtes levées, ici, Mike. Tu aimes les côtes levées?

La dernière fois que j'en ai mangé, c'était à la maison. Ma mère les avait préparées. J'avais bien aimé.

Les côtes levées cuisinées dans ce restaurant n'ont rien à voir avec celles de maman, mais je les trouve quand même bonnes. Et je ne suis pas le seul, à voir l'ardeur avec laquelle Riel les dévore. Il repousse son assiette, fait signe à la serveuse pour un second café et sort de sa poche un stylo et une feuille de papier.

— Répète-moi ce qu'elle t'a dit, Mike. Ses paroles exactes, si tu peux t'en souvenir.

Je m'exécute, du mieux que je peux.

Il prend des notes.

— C'est tout, elle a seulement parlé d'une bouche qui brillait?

Je hoche la tête.

— Qu'a-t-elle voulu dire?

— Je n'en sais rien. Elle dit toujours des choses comme ça. Elle dit que mes yeux lui font penser à des fleurs…

— Lui as-tu demandé des précisions?

— J'allais le faire, mais elle m'a dit qu'elle était fatiguée et elle est rentrée.

— Une bouche qui brille, marmonne Riel. Cela pourrait être quelqu'un qui a des broches, un appareil dentaire. Un enfant? Ou quelqu'un qui a une ou plusieurs couronnes en or ou en argent. Ou quelqu'un qui se promène avec un cure-dents en or ou quelque chose de ce genre entre les dents.

Il pousse un soupir.

— On peut même penser à un travesti qui a du rouge à lèvres brillant, ou à un de ces jeunes qui traînent dans la rue Queen, ceux qui ont les cheveux hérissés en pointes.

— C'est plutôt passé de mode, dis-je.

C'est vrai qu'on en rencontre encore des comme ça. Quand vont-ils finir par comprendre que les années quatre-vingt sont mortes et enterrées?

Riel secoue la tête.

— T'a-t-elle dit qu'elle avait bien pu le voir, ce type?

Je n'en sais rien.

Riel consulte de nouveau ses notes.

— L'homme avec une bouche qui brille, murmure-t-il.

Il plonge une fois de plus ses yeux dans les miens.

— Tu es sûr que c'est bien ce qu'elle a dit? L'homme avec une bouche qui brille, et pas *un* homme avec une bouche qui brille?

Ah. L'homme ou un homme? Je n'en suis pas sûr.

— Est-ce que ça fait une différence?

— Peut-être que non. Mais penses-y, Mike. Si elle s'était souvenue de quelqu'un avec une bouche qui brille, elle t'aurait dit: j'ai vu *un* homme avec la bouche qui brille. Mais si elle l'avait déjà vu dans le coin et qu'elle avait remarqué sa bouche, elle l'aurait peut-être décrit comme *l'*homme avec la bouche qui brille. Ce qui voudrait dire qu'elle le connaissait ou qu'elle pouvait tout au moins en donner une bonne description.

— C'est vrai.

Je sens l'espoir remonter en petites vagues dans ma poitrine.

Riel demande l'addition.

— Je vais te ramener chez toi, Mike, puis je retournerai à l'hôpital prendre des nouvelles. Peut-être que Madame Jhun pourra parler.

— Je vous accompagne.

— Mike, tu n'es pas rentré de la journée. Que va dire ton oncle?

Elle est bien bonne, celle-là !

— Billy n'est probablement pas à la maison. Alors, si vous ne m'emmenez pas avec vous, j'irai à l'hôpital par mes propres moyens.

Riel dépose de l'argent sur la table et ne proteste pas quand je lui emboîte le pas jusqu'à la voiture et que j'ouvre la portière du passager.

Il vient juste de se garer en face de l'entrée de l'hôpital et nous nous apprêtons à descendre et à traverser la rue quand son téléphone se met à sonner. Il fouille dans sa poche.

— Riel.

Il me jette un coup d'œil tout en écoutant ce que dit son interlocuteur. Puis il coupe la communication et glisse l'appareil dans sa poche.

— Je suis navré, Mike, se contente-t-il de dire.

Je fonds en larmes. Je me sens comme un grand bébé, à pleurer ainsi. Riel me tend deux ou trois papiers-mouchoirs.

— Elle était gentille, lui dis-je en essuyant mes larmes. Elle m'invitait à prendre le thé. Je l'ai aidée à repeindre sa cuisine. J'ai réparé la marche de son perron.

Riel garde le silence. Il attend que je reprenne mes esprits, puis nous pénétrons dans l'hôpital. Riel discute avec une des infirmières et nous allons nous asseoir encore une fois dans la salle d'attente jusqu'à ce que la docteure Thomas vienne nous rejoindre.

Riel lui pose quelques questions.

— Elle n'a jamais repris connaissance, me dit-il en me ramenant à nouveau chez moi. Elle n'a donc pas souffert, Mike.

Tant mieux. Mais cela veut dire qu'elle n'a jamais reparlé à personne de l'homme qu'elle avait vu avec ma mère. C'était une des raisons pour lesquelles Riel voulait voir la docteure Thomas.

Un autre souvenir me revient à l'esprit.

— Madame Jhun m'a dit qu'elle voulait être enterrée à côté de Monsieur Jhun. Pensez-vous que ce soit possible ?

Riel hausse les épaules.

— Ce sera à la famille de décider, je suppose.

Riel me dépose devant chez moi. Il n'y a aucune lumière.

— Ça va aller, Mike ? demande-t-il.

S'il veut savoir si je suis heureux, la réponse est non. Je n'arrive même pas à croire qu'elle soit morte. C'était une vieille dame adorable. Mais s'il veut savoir si je vais survivre, je sais que oui. J'ai déjà connu pire. Ce n'était pas facile. J'avais si mal, ça me brûlait et me transperçait en même temps.

Je hoche la tête et descends de la voiture. Et c'est plus fort que moi, je me penche vers lui pour lui poser ma question :

— Tout est fini, alors ? Il n'y a plus rien à faire ?

— Pour Madame Jhun ?

— Non, pour ma mère.

— Je t'ai dit que j'allais revoir le dossier, répond-il.

— Mais vous m'avez dit aussi que vos copains avaient trop de travail.

— Ce n'est pas mon cas. Et j'ai beaucoup d'autres copains. On se voit à l'école, Mike. Et n'oublie pas tes devoirs, O.K. ?

CHAPITRE DIX

Le reste de la fin de semaine est tout aussi sinistre. Je passe le dimanche matin à traîner autour de chez Jen dans l'espoir de la rencontrer. Après environ une heure, j'aperçois un des voisins qui m'observe, tapi derrière ses rideaux. Le gars doit être à un cheveu d'appeler la police, si bien que je m'éclipse. J'essaie d'appeler Jen d'une cabine téléphonique, mais c'est sa mère qui répond et je raccroche. Au cas où il y aurait une toute petite chance que sa mère en parle à Jen et que celle-ci devine que c'est moi qui ai appelé et qu'elle cherche à me rejoindre, je rentre à toutes jambes à la maison et reste là à attendre un éventuel coup de fil pendant deux heures. Le téléphone demeure obstinément muet.

Billy s'extirpe de son lit vers quinze heures. Je ne l'ai pas revu depuis hier matin, quand il m'a ramené ici. Quand je lui raconte ce qui est arrivé à Mme Jhun, il lui faut un bon moment pour deviner de qui je peux bien parler. Et pour couronner le tout, Vin et Sal sont tous deux privés de sortie. Sal est pratiquement assigné à résidence et Vin est doublement puni parce qu'il est sorti vendredi soir, alors qu'il n'était pas censé quitter sa chambre.

Billy me dit que j'ai de la chance. Il m'assure que jamais il ne m'interdira de sortir, quoi que j'aie pu faire. Ça ne sert à rien, explique-t-il.

— Ta mère m'a déjà privé de sortie une ou deux fois par semaine, me raconte-t-il, et regarde le bien que ça lui a fait, sans parler du bien que ça a pu me faire à moi.

Quand je vais me coucher, tous mes devoirs sont faits.

En sortant de la classe après le cours d'histoire, je fais un arrêt au bureau de Riel.

— Ravi de voir ton devoir sur mon bureau sans avoir eu à le réclamer deux fois, me lance-t-il.

Il va même jusqu'à sourire. Puis il redevient sérieux.

— Tu tiens le coup, Mike ?

Je hoche la tête. Puis je lui demande s'il a trouvé quelque chose, tout en sachant que c'est probablement trop tôt.

— J'ai plusieurs personnes à voir après l'école, Mike. Je passerai peut-être chez toi plus tard.

Surprise! Billy est à la maison quand je rentre. Dan et Lew sont assis à ses côtés sur la galerie, les pieds juchés sur la rampe.

— Tu as des tartelettes, Mike? me demande Lew, qui adore me taquiner sur ma mésaventure. J'adore les tartelettes, tu sais.

— Et comment va ta petite amie? renchérit Dan. C'est vrai qu'elle est riche?

Je leur lance un regard noir.

— La meilleure amie de Mike est morte, leur annonce Billy.

— Bon Dieu! s'exclame Dan d'un ton navré.

— Elle a eu une attaque, poursuit Billy. C'était cette vieille Chinoise…

— Coréenne!

Bon sang, va-t-il un jour s'en souvenir?

— Elle avait… quoi, soixante-quinze ans ou quelque chose comme ça, ajoute Billy.

Lew éclate de rire, contrairement à Dan, qui lui donne un coup de coude.

— Désolé de l'apprendre, Mike, me dit-il. Sincèrement.

Je pousse la porte à moustiquaire bringue-balante et me dirige dans la cuisine en quête de quelque chose à me mettre sous la dent.

— Hé! lance Billy qui m'a suivi.

Je fouille dans les armoires de la cuisine. Il est grand temps de prendre des mesures ici. C'est le désert le plus complet.

— Tu as vu le journal? me demande Billy.

Il plaisante ou quoi? Je ne lis presque jamais le journal, tout comme lui. La lecture n'est pas son fort, à Billy, sauf s'il s'agit des chiffres imprimés sur les billets de banque et des étiquettes de bouteilles de bière.

— Il y avait un article sur ton ami.

Ho! Là, je prête l'oreille. Je me retourne vers lui.

— Je sais que tu n'aimais pas Madame Jhun, lui dis-je. Mais moi, je l'aimais. Alors, fiche-moi la paix, O.K.?

— Ho, ho! fait-il en levant les mains en l'air en faisant mine de se protéger. Je ne parlais pas d'elle. Je parlais de ce type, Riel. On dit dans le journal que toi et Riel avez trouvé la vieille dame chez elle.

— Et alors?

J'abandonne les armoires pour aller inspecter le frigo.

— Qu'est-ce que tu fais à traîner avec ce type, Mike?

Je referme le frigo, dégoûté.

— Bon sang, Billy, est-ce que ça te tuerait de passer à l'épicerie de temps en temps? On pourrait crever de faim, ici!

Je repense au steak et à la salade que préparait Riel l'autre soir. Maman me préparait des salades tout le temps. J'avais oublié à quel point c'est bon.

— Je t'ai posé une question, Mike!

— Je ne traîne pas avec lui. C'est mon prof d'histoire.

— D'accord. Et c'est par hasard que vous vous êtes tous les deux retrouvés en même temps chez la vieille. Une pure coïncidence, c'est ça?

— Je t'en ai déjà parlé. J'essayais de le convaincre d'enquêter sur ce qui est arrivé à maman.

— Connais-tu l'expression «ne pas réveiller le chat qui dort»? rétorque Billy, visiblement mécontent. Nancy est morte, Mike. Elle est morte depuis longtemps déjà. D'ailleurs, qu'est-ce que Riel peut faire? Il n'est même plus dans la police. Pire encore, c'est un lâche. Tu ne devrais même pas le fréquenter.

— Un lâche? Que veux-tu dire?

— Il était policier, et il ne l'est plus. Qu'est-ce que ça signifie, à ton avis?

Je ne comprends toujours pas.

— T'es-tu déjà demandé pourquoi, Mikey? T'es-tu demandé pourquoi un gars qui était inspecteur de police enseigne maintenant dans une école?

C'est vrai que je me suis déjà posé la question. Un peu.

— L'histoire avait fait les manchettes il y a deux ans, reprend Billy. Lui et son collègue poursuivaient un gars qui s'était réfugié dans un appartement. Le collègue devait entrer le premier et Riel devait le couvrir. Le collègue enfonce la porte et le gars à l'intérieur commence à tirer et tu sais quoi? Riel n'a rien fait. Il n'a même pas tiré une seule cartouche. Le collègue tombe. Riel tombe. Et tu apprends aussitôt après qu'il a quitté la police.

— Allons donc! Jamais Riel n'aurait agi ainsi.

— C'était dans les journaux, Mike.

— Les journaux peuvent parfois se tromper.

C'est du moins ce qu'on entend dire. Et ils ont dû se tromper cette fois-là. Riel n'est pas du genre à laisser son collègue se faire descendre sans réagir.

— Voyons, Mike! Ce type n'a pas l'air d'avoir — quoi — plus de… trente-cinq ans, c'est ça? Un policier ne prend pas sa retraite à cet âge-là, pas vrai? S'il le fait, c'est parce qu'il ne supporte pas la pression ou parce qu'on l'a flanqué à la porte.

— Comme si tu étais tout à coup un expert en la matière, Billy!

— Demande-le-lui. La prochaine fois que tu t'en vas sauver des vieilles dames avec lui, demande-lui.

Je ne prends même pas la peine de lui rappeler que nous n'avons pas réussi à sauver Mme Jhun.

Billy retourne sur la galerie. Un peu plus tard, lui et ses deux copains s'en vont. Je ne m'en plains pas.

J'emporte mon sac d'école sur la galerie et j'en sors mon manuel d'histoire. Je l'ouvre même à la bonne page. Mais je n'arrive pas à me concentrer assez longtemps pour lire toutes les pages que Riel nous a indiquées.

Vers vingt et une heures, une voiture se gare devant la maison. Je la reconnais sur-le-champ, mais à présent, je ne suis pas certain que sa vue me réjouisse. Riel descend et emprunte l'allée dans ma direction.

— Ton oncle est là? demande-t-il.

Je secoue la tête. Son visage se ferme.

— Je peux m'asseoir?

Il y a trois chaises alignées sur la galerie, celles qu'ont occupées tout à l'heure Billy, Dan et Lew. Riel en tire une autre et s'installe en face de moi, et non pas à côté de moi.

— La nièce de Madame Jhun m'a appelé ce soir, me dit-il. Les obsèques sont prévues mercredi.

Il sort un bout de papier de sa poche et me le tend. Je lis le nom d'une église coréenne du voisinage.

— C'est à onze heures, ajoute Riel. Demande à Billy de t'écrire un mot d'excuse pour que tu puisses y aller.

Je hoche la tête.

Riel se penche en avant, les deux mains posées sur ses genoux. Il me regarde avec une telle insistance que je me sens mal à l'aise. Je pose mes livres à côté pour me donner une contenance.

— Un problème, Mike?

Je secoue encore la tête.

— Tu n'as pas l'air content.

— Ce n'est rien.

Il me dévisage encore un moment.

— Que sais-tu du cambriolage au restaurant des Jhun?

— Monsieur Jhun a été tué. L'argent a disparu.

— Je connais un type qui travaillait à l'escouade des cambriolages à l'époque, me dit Riel. Il n'y a pas eu effraction. Étais-tu au courant?

— Non.

— Les Jhun habitaient à l'étage au-dessus. Madame Jhun a raconté à la police qu'ils avaient fermé le restaurant juste après minuit. Elle et son mari ont verrouillé les portes et sont montés. Elle a dit que Monsieur Jhun s'était réveillé au milieu de la nuit — il avait entendu du bruit en bas. Il est descendu et trente secondes après, deux minutes au plus, elle l'a entendu appeler. Quand elle est descendue, il était en train de perdre tout son sang, effondré près de la caisse. La porte de derrière était ouverte, mais personne ne l'avait forcée.

— Est-ce que Monsieur Jhun aurait fait entrer le voleur ?

— Je ne pense pas, répond Riel en secouant la tête. Regarde la configuration des lieux : juste derrière le comptoir, près de la caisse, il y a une porte qui mène aux escaliers. La caisse est à environ huit mètres de la porte d'en avant, qui était verrouillée de l'intérieur, et je ne sais pas trop, à environ vingt mètres de la porte d'en arrière qui ouvre sur la ruelle.

En voilà des détails !

— Monsieur Jhun est descendu et a crié presque aussitôt. Selon notre théorie, il n'aurait pas eu le temps de se rendre jusqu'à la porte arrière, de faire entrer quelqu'un, puis de lutter avec cette personne pour retourner près de la caisse avant que Madame Jhun arrive à son tour. Elle a dit qu'elle s'était précipitée dans l'escalier dès qu'elle avait entendu son mari crier. Elle n'a même pas pensé à sa propre sécurité. Et dès qu'elle a vu son mari, elle a appelé le 911.

— Je ne vous suis pas.

— Monsieur Jhun avait verrouillé toutes les portes. Celle de devant et celle de derrière. Madame Jhun l'a vu faire. Elle a vérifié toutes les serrures. Elle a dit aux policiers qu'elle passait toujours derrière son mari pour s'assurer que les portes étaient bien fermées depuis qu'elle avait appris qu'il gardait de grosses sommes d'argent au restaurant. Mais il n'y avait aucun signe d'entrée par effraction et Monsieur Jhun n'a pas ouvert la porte au malfaiteur — c'est du moins ce que pensent les gars de l'escouade des cambriolages. Il n'en a pas eu le temps.

— Que voulez-vous dire? Que celui qui est entré avait une clé?

Il plonge ses yeux dans les miens.

— Savais-tu que ta mère avait une clé du restaurant, Mike?

— Quoi?

Mais qu'est-ce qu'il raconte?

— Vous prétendez que ma mère était mêlée à ça?

— Je pose une simple question, Mike.

Allons donc! Une simple question qui sous-entend que ma mère a trempé dans un crime qu'elle n'aurait jamais commis, j'en suis certain.

— Qui a dit qu'elle avait une clé?

— *Elle-même* l'a dit. Étais-tu au courant?

Je me sens aussi mal que lorsque je me suis réveillé l'autre jour dans l'auto de Billy. J'ai la tête qui tourne, l'estomac en feu et j'hésite à ouvrir les yeux de crainte que tout se remette à tourner autour de moi.

— Elle a fait une déposition, Mike. Elle l'a signée. Je l'ai vue.

Je me lève si brutalement que la maudite chaise pliante dégringole derrière moi.

Riel se contente d'incliner légèrement la tête pour ne pas me quitter des yeux.

— Les Jhun habitaient juste au-dessus du restaurant. Monsieur Jhun voulait laisser les doubles de ses clés dans un endroit sûr, et il les a confiés à ta mère. Elle faisait sa comptabilité, pas vrai?

Je hoche la tête.

— Il lui faisait confiance. C'est du moins ce que ta mère a déclaré. Madame Jhun a corroboré. Ta mère avait les clés chez elle.

— Et vous la soupçonnez de…

— Ta mère a fait cette déclaration aux policiers parce que Madame Jhun leur avait parlé de ce deuxième trousseau de clés. C'est ce qu'elle leur a répondu quand ils l'ont interrogée à ce propos.

— Vous voulez dire que Madame Jhun soupçonnait maman de…

— Pas si l'on en croit ce qu'elle a déclaré aux policiers, Mike. Je pense qu'elle avait confiance en ta mère. Elle n'a fait que répondre à leurs questions, c'est tout. Tu sais, du genre : « Combien de clés aviez-vous pour ouvrir cette serrure ? Où sont ces clés ? Qui peut y avoir accès ? » Les policiers ont aussi parlé à ta mère. Ils lui ont demandé si elle avait toujours les clés que Monsieur Jhun lui avait confiées. Elle a répondu qu'elle les avait et les leur a montrées. Et ils lui ont posé les mêmes questions qu'à Madame Jhun.

Il me regarde en silence pendant peut-être une minute. Ça me donne la chair de poule, cette façon qu'il a de rester parfaitement immobile sans vous quitter des yeux, jusqu'à ce que vous pensiez : « Bon, nous y voilà. »

— Elle leur a dit qu'elle vivait avec son fils de onze ans, qu'il n'y avait personne d'autre chez elle.

Je l'écoute, incapable du moindre geste.

— Ta mère était très aimée dans le quartier. Et elle a impressionné les inspecteurs chargés de l'enquête. Elle répondait sans détour à leurs questions. Elle leur a montré les doubles des clés. Pourquoi ne l'auraient-ils pas crue ? Étais-tu au courant, Mike ?

Je secoue la tête. Je savais qu'elle travaillait pour M. Jhun. Je savais qu'elle rangeait des papiers et d'autres trucs — elle ne m'a jamais dit de quoi il s'agissait — dans une boîte qu'elle cachait dans un tiroir de sa commode, sous ses chandails. Je le savais parce que je l'avais vue la ranger à cet endroit. Mais j'ai ignoré ce que renfermait cette boîte jusqu'à ce que Billy se mette à fouiller dedans, après sa mort. Je n'ai jamais ouvert cette boîte, je n'ai jamais mis la main dessus du vivant de maman, parce que si elle l'avait su, elle aurait été déçue. Pas en colère. Déçue que je n'aie pas respecté sa vie privée. Et décevoir maman était cent fois pire que d'affronter sa colère.

— Le fait est, Mike, que je m'interroge.

Et il me pose LA question :

— As-tu une idée de l'endroit où était Billy cette nuit-là ?

Je reste figé sur place.

— Les policiers ne se sont jamais occupés de lui, poursuit Riel. Ils n'avaient aucune raison de le faire. Ta mère ne leur a jamais parlé de lui. Il n'habitait plus chez vous. Il ne fréquentait pas le restaurant, si bien que Madame Jhun n'en a jamais parlé non plus. Et à ce que j'ai pu savoir, ils ne t'ont jamais posé de questions sur le cambriolage non plus ?

Je secoue la tête.

— Parce que qui pourrait penser qu'un garçon de onze ans puisse être mêlé à un cambriolage qui tourne mal ?

Il se penche et redresse la chaise que j'ai fait tomber.

— Assieds-toi, Mike.

207

Je ne bouge pas d'un pouce. Riel n'insiste pas.

— Je n'y aurais jamais pensé moi-même si tu ne m'avais pas raconté ce que ta mère a dit à Billy, ajoute-t-il.

J'ai tellement mal à l'estomac que j'ai peur d'être encore malade. Je voulais seulement savoir qui était le chauffard qui avait tué ma mère, et tout ce que Riel trouve à faire, c'est de soupçonner Billy d'avoir trempé dans un crime totalement différent.

— Billy était chez nous cette nuit-là, dis-je.

Riel ne semble pas surpris. Peut-être parce qu'il ne l'est effectivement pas, ou encore parce qu'il a un talent fou pour dissimuler ce qu'il pense.

— C'est loin, tout ça, Mike. Tu en es bien sûr ?

— Il a dormi dans ma chambre. Je me rappelle que lorsque je me suis réveillé ce matin-là, maman était dans tous ses états à cause de ce qui était arrivé à Monsieur Jhun. Je me rappelle que Billy était là. Il m'avait lu des histoires avant que je m'endorme. Il me lisait toujours des histoires quand il passait la nuit chez nous.

— Tu en es certain ?

— Absolument.

— Est-ce que Billy passait souvent la nuit chez vous ?

Je secoue la tête. À cette époque, il ne venait que très rarement nous voir. Et quand il venait, lui et maman finissaient toujours par se disputer, comme la fois où Billy était arrivé avec cette console Nintendo que maman l'avait obligé à remporter. Mais pas question que je parle de ça à Riel.

— De toute façon, qu'est-ce que ce vol a à voir avec ce qui est arrivé à ma mère? Elle n'était même pas au restaurant le soir du vol. Elle n'était au courant de rien.

Riel pousse un soupir. Il se passe la main dans les cheveux.

— Tu as peut-être raison, dit-il.

Il soupire encore.

— J'ai un autre renseignement pour toi.

Je ne suis pas sûr de vouloir en savoir plus.

— J'ai parlé à un autre gars qui travaille à l'escouade des vols. Les vols d'autos.

Il m'a déjà dit, je m'en souviens, qu'il était fort probable que le chauffard qui avait tué ma mère conduisait une auto volée.

— Les autos volées sont parfois expédiées à l'autre bout du pays ou même à l'étranger, reprend Riel. Tu ne peux pas imaginer jusqu'où une auto volée en Amérique du Nord peut voyager. L'autre stratégie des voleurs consiste à les démonter — tu sais, ils les démantèlent et revendent les pièces, plutôt que de revendre le véhicule au complet. Et ça peut être très lucratif aussi. Le gars de l'escouade des vols m'a dit que c'était peut-être pour cette raison qu'on n'a jamais retrouvé l'Impala impliquée dans l'accident. Il m'a dit qu'il était bien possible qu'elle ait été démontée et vendue en pièces détachées, peut-être aussitôt après l'accident.

— Il n'y a plus rien à faire, alors ?

Il hausse les épaules et je me demande pourquoi il m'a même parlé de ça.

— Je pourrais demander à mon copain d'investiguer un peu plus. Voir s'il connaît quelqu'un qui sait quelque chose — chercher des renseignements sur les ferrailleurs et les vendeurs de pièces d'auto en activité dans le secteur à l'époque, sur quiconque était mêlé à la revente d'autos volées. Il y a encore tout un tas de pistes à remonter. Mais pour l'instant, c'est tout ce que j'ai à te dire.

Non. Il lui reste une chose à m'apprendre.

— Pourquoi avez-vous quitté la police ?

Finalement, j'ai réussi à lui faire perdre son flegme.

— C'est une longue histoire, répond-il d'une voix tranquille.

— Billy m'a dit que c'est parce que vous êtes un lâche.

Je sais que c'est de la méchanceté, mais c'est sorti tout seul parce que je lui en veux. À cause de toutes ces questions qu'il m'a posées et qui semblaient sous-entendre que maman avait été mêlée à ce qui est arrivé à M. Jhun. Et parce qu'il vient de me dire qu'on ne pourra jamais mettre la main sur la principale pièce à conviction dans l'accident de maman. L'auto qui a tué ma mère a été soit revendue à l'autre bout de la planète, soit réduite en pièces. Dans l'un ou l'autre cas, elle a disparu, complètement disparu.

Je suis peut-être furieux, mais Riel ne l'est pas, lui. Je m'attendais plus ou moins à ce qu'il se fâche, à l'entendre répliquer : « Comment oses-tu me dire une chose pareille ? » Je m'attendais en tout cas à ce qu'il nie. Mais non.

— C'est une opinion, dit-il. Je devais couvrir mon collègue. Les choses ont mal tourné. Je n'ai pas voulu que ça m'arrive de nouveau.

Il se relève lentement.

— Je suis vraiment désolé de ne pas avoir pu t'apporter de bonnes nouvelles, Mike.

Je le suis des yeux tandis qu'il redescend l'allée et monte dans son auto. Je regrette ce que je lui ai dit, mais une fois qu'une chose est dite, plus moyen de revenir en arrière. Elle reste là à empoisonner l'atmosphère, comme un fruit pourri dans une vieille poubelle.

CHAPITRE ONZE

Vautré sur le canapé, je regarde Conan O'Brien à la télé lorsque j'entends Billy rentrer. Il sent la cigarette, ce qui veut dire qu'il a dû faire un arrêt à son bar de sportifs. Il se tient dans le couloir, près de la porte du salon. Je sais qu'il me surveille et qu'il ne s'attend pas à ce que je le salue. Je fais comme s'il n'était pas là.

— Dis donc, Mikey! Tu n'as pas d'école, demain?

— Depuis quand t'intéresses-tu à mes études?

— Oh, oh!

Billy grimace un sourire. Il est toujours planté dans l'embrasure de la porte qui fait communiquer l'entrée et le salon.

— Quelle vilaine mouche t'a piqué, Billy?

— Riel est venu ici.

— Je t'avais dit de ne pas le fréquenter.

Il pointe son index dans ma direction, comme une monitrice de garderie qui gronderait pour rire un enfant trop turbulent, mais il y a quelque chose de dur dans sa voix et dans ses yeux troubles.

— Il m'a raconté des trucs à propos de maman. Et il m'a posé des questions sur toi, Billy.

— Ah ouais ?

Il entre dans le salon, me donne une tape sur les jambes pour que je lui fasse de la place, et s'assoit dans le canapé.

— Quelles questions t'a-t-il posées ?

— Il voulait savoir où tu étais la nuit où Monsieur Jhun a été tué.

— Pourquoi voulait-il savoir ça ? demande-t-il, cette fois-ci d'un ton vraiment furieux. De toute façon, j'étais ici.

— Je sais. C'est ce que je lui ai répondu.

— Bon garçon !

Il me lance un coup d'œil.

— Autre chose ?

J'hésite avant de répondre.

— À l'entendre, on dirait qu'il soupçonne maman d'avoir été mêlée à ce qui s'est passé au restaurant. Maman ou toi. Elle avait les clés. Le savais-tu ?

— Quelles clés ?

— Celles du restaurant des Jhun. Étais-tu au courant, Billy ?

Il secoue la tête.

— Riel dit qu'elle avait les doubles des clés. Il a dit ça comme s'il rendait maman responsable de la mort de Monsieur Jhun.

Je ne suis pas tout à fait honnête. Parce qu'il a dit aussi qu'elle avait répondu à toutes les questions. Il a dit que l'attitude de maman avait été très appréciée. Il m'a laissé entendre que les policiers l'avaient crue. Mais il a aussi ajouté : « Pourquoi ne l'auraient-ils pas crue ? » Qu'a-t-il voulu dire par là ?

— Ne sois pas stupide, Mike, me dit Billy. Nancy a toujours été une fille bien. Jamais elle n'aurait fait quelque chose de mal. Va donc te coucher.

Je ne bouge pas d'un pouce. Depuis que je suis ici, il y a une chose qui me trotte dans la tête. Riel a dit : « Je pourrais demander à mon copain d'investiguer un peu plus. » A-t-il voulu dire qu'il allait le faire ou faut-il que j'insiste pour qu'il le fasse ? Va-t-il agir de son propre chef, ou n'accepter de s'y mettre que si je continue à faire pression sur lui ?

— Il y a autre chose, Billy.

Il faut que j'en parle à quelqu'un. J'ai besoin d'une opinion.

Billy attend.

— L'affaire de la mort de maman n'est pas classée. Riel a dit que les dossiers non résolus n'étaient pas classés. Il dit qu'il y a peut-être un moyen de découvrir qui a tué maman. De découvrir ce qu'il est advenu de l'auto. Il dit que cela pourrait les mener sur une piste.

— Bon sang, Mike ! fait Billy en secouant la tête. Cela fait quatre ans. On en a déjà parlé en long et en large !

— Mais il est convaincu que l'auto qui l'a renversée était une voiture volée. Il dit qu'elle a été expédiée ailleurs ou démontée, probablement le lendemain de l'accident. Un jour, vous avez une belle Impala toute neuve, et la minute suivante, il n'en reste que des pièces détachées qui sont vendues et il est impossible de retrouver l'auto parce que même si la police en donne la description, les voleurs d'autos ne sont pas enclins à venir en parler. Mais il connaît des gars qui travaillent à l'escouade d'enquête sur les vols d'autos.

— Va te coucher, Mike, répète Billy, gentiment cette fois.

Plus tard, une fois dans mon lit, il me semble entendre la porte d'entrée s'ouvrir et se refermer, et une clé tourner dans la serrure. Il est deux heures. Où diable Billy peut-il aller ?

Je suis bien content de ne pas avoir de cours d'histoire aujourd'hui, parce que je ne suis pas sûr de pouvoir affronter Riel. Pas après ce qu'il m'a dit. Pas après ce que moi, je lui ai dit. Je passe la journée les yeux baissés en faisant au moins semblant de suivre les cours et de travailler. Après l'école, je prends le chemin de la maison et en approchant du magasin de M. Scorza, je traverse la rue pour éviter qu'il me voie et m'éviter, à moi, de le voir. J'ai l'impression de me cacher de tout le monde, comme si j'étais devenu le plus grand peureux de la planète.

De retour à la maison, je trouve Billy appuyé au comptoir de la cuisine. Pour un gars qui m'a ordonné d'aller dormir un peu, il ne semble pas avoir lui-même suivi son propre conseil.

— Salut, Billy !

J'espère de tout mon cœur qu'il reste un peu de beurre d'arachides et quelques tranches de pain. Même si c'est du pain rassis. J'ai une faim de loup.

— J'ai à te parler, Mikey.

— Tu devrais aller te raser, Billy. T'es-tu regardé dans le miroir dernièrement ?

— Je veux que tu parles à ce type, Riel. Je veux que tu lui dises de laisser tomber, de ne plus poser de questions. Dis-lui que tu as décidé que tu ne veux plus rien savoir. Dis-lui que ça te rappelle de trop mauvais souvenirs.

Quoi ? Il est devenu fou ?

— Pas question, Billy. De toute façon, je n'ai pas envie de lui parler en ce moment.

Mais je n'ai pas envie pour autant qu'il laisse tout tomber.

— Les types comme lui, Mikey, quand ils commencent à poser des questions, surtout quand c'est à des policiers qu'ils les posent, ils peuvent attirer bien des ennuis.

— Des ennuis pour le chauffard qui a tué maman?

— Et peut-être pour d'autres personnes, complète Billy.

Il est tendu comme une barre, une main crispée sur le goulot d'une bouteille de bière, l'autre occupée à arracher l'étiquette.

— De quoi as-tu peur, Billy?

— Bon sang, Mike, pourquoi es-tu si entêté? Tu es comme Nancy. Une fois que tu as une idée en tête, rien ne peut t'en détourner. Et regarde ce que tu as fait.

Qu'est-ce que j'ai fait?

— Tu te fiches pas mal de ce qui s'est passé, hein, Billy?

Non, la question n'est pas là. La question, c'est que Billy se fiche de tout ce qui n'est pas sa petite personne.

— C'était ma mère et si je veux savoir ce qui lui est arrivé, j'en ai le droit.

— Quel besoin as-tu d'aller remuer ces vieilles histoires?

— Tu es saoul, Billy.

Je décide de faire comme s'il n'était pas là. Qu'il radote dans son coin! Qu'il raconte ce qu'il veut, je ne l'écouterai pas. Tout ce que je veux, c'est passer devant lui, me faire un sandwich et sortir de la cuisine.

Billy m'agrippe par le bras.

— Je ne ris pas, Mike. Tu vas lui dire de laisser tomber.

Il me serre l'avant-bras à me faire mal. Grave erreur. Je ne suis pas d'humeur à supporter ça. Et il a beau être plus vieux que moi, cela ne signifie pas qu'il soit plus grand ou plus fort. D'ailleurs, mon père devait être plus grand que le sien parce que lorsqu'il est en chaussettes, Billy m'arrive seulement à la racine du nez. En plus, il a bu. Et il passe trop de temps avachi avec ses copains minables pour être physiquement en forme. J'attrape le pouce qui presse mon avant-bras et le tords jusqu'à ce que Billy se mette à hurler.

— Tu peux te désintéresser de ce qui est arrivé à maman, je m'en fiche, lui dis-je, même si je ne m'en fiche pas et que j'ai envie de lui tordre le pouce jusqu'à le casser net. Mais moi, ça m'intéresse ! Ça m'intéresse tellement qu'il faudrait pratiquement me tuer pour que j'abandonne. Alors, va au diable, Billy !

Les jambes de Billy ont dû se mettre à flageoler parce qu'il y a une seconde, il était debout et le voilà à présent effondré sur une des chaises de la cuisine. Je lui lâche le pouce.

— Écarte-toi de mon chemin.

— Tu ne sais pas jusqu'où cela va te mener, Mikey.

— Parce que toi, tu le sais?

Il baisse le nez et contemple le plancher ou peut-être le bout de ses souliers.

— J'ai vu la voiture, dit-il.

J'enregistre les mots. J'ai vu ses lèvres bouger, et je sais donc que c'est lui qui les a prononcés. Mais je n'arrive toujours pas à y croire.

— Mais je ne savais pas que c'était cette voiture-là, ajoute-t-il.

Il finit par relever la tête. Il n'a vraiment pas l'air dans son assiette. Il a le visage tout chiffonné, comme s'il allait se ratatiner sur lui-même. Il a les yeux rouges — probablement la bière, me dis-je — mais pas nécessairement. Il fait cent fois plus vieux que son âge.

— Qu'est-ce que tu veux dire par là?

C'est réellement ma voix. Je parle d'un ton posé, calme, comme si j'avais le contrôle de la situation. Cela me semble bizarre, car c'est un vrai volcan qui fait rage à l'intérieur de moi. J'ai l'estomac, le cerveau, le cœur en feu.

— Je te jure que je ne savais pas que c'était la même auto, répond Billy. Elle n'était pas de la couleur qu'ils avaient indiquée, même si à ce moment-là, cela n'aurait pas pu les aider que je leur en parle. Ils n'ont rien dit de la couleur et de la marque jusqu'à ce qu'il soit trop tard.

Il sait quelque chose. Mon oncle Billy sait quelque chose à propos de la voiture qui a tué sa sœur — qui a tué ma mère.

— Si ce type continue de creuser cette histoire ou qu'il pousse ses copains de l'escouade des voitures volées à fouiller dans cette direction, il va découvrir des choses qui risquent de me mettre dans l'eau chaude, Mikey.

Les mots se forment dans mon cerveau. Je peux les lire. Je peux les sentir. Mais ça me prend une éternité pour être capable de les prononcer.

— Tu as trempé là-dedans, Billy?

Dis non! Allez, Billy, dis-moi le contraire! Dis-moi que tu n'avais rien à voir avec tout ça.

Il baisse la tête. Il fixe sans la voir la toile cirée couverte de miettes. Lentement, il secoue la tête.

— Billy?

Il relève les yeux. Ils sont humides. Des larmes?

— Tu veux savoir si je suis pour quelque chose dans ce qui est arrivé à Nancy? Non, répond-il.

Mais il sait quelque chose, je pourrais miser là-dessus. Quelque chose qu'il ne veut pas me dire. Quelque chose de grave.

— Et ensuite?

J'ai posé ma question tout doucement, comme si je voulais l'épargner, alors que je brûle d'envie de lui hurler ces mots par la tête.

Ses épaules retombent. Il a l'air tout petit et si vieux ; je ne l'ai jamais vu dans un état pareil.

— Ça coûte cher de vivre dans cette ville, dit-il. Il y en a qui ont de l'argent à ne savoir qu'en faire, tandis que d'autres font des pieds et des mains pour ramasser des miettes.

J'attends la suite. La cuisine semble soudain glaciale, comme toute la maison après la mort de maman.

— Ce n'était pas un crime, reprend-il. Ce n'est pas comme si j'étais un génie du crime ou quelque chose de ce genre.

Je sens mon estomac se remettre à faire des siennes. Comme l'autre jour, à la soirée du cousin de Vin.

— Je faisais simplement quelques heures supplémentaires, c'est tout. Quelques heures de rien du tout. De petits contrats, rien d'autre.

— Des heures supplémentaires ?

Pas de réponse.

— Bon sang, Billy, parle !

— Au garage, le soir, il arrivait qu'on nous apporte une auto et je m'en occupais. Tu vois ce que je veux dire.

Je secoue la tête.

— Je la démontais. Pour les pièces.

— Tu veux dire comme ce que font les ferrailleurs ?

— Non, ça n'a rien à voir. Parfois, *à l'occasion*, quand je travaillais tard, je trouvais une auto garée en arrière, et si je m'y mettais et que je travaillais vite, je pouvais empocher une jolie somme. En argent comptant.

— Tu démontais des autos volées, c'est bien ça que tu es en train de me dire, Billy ?

— On ne m'a jamais dit qu'elles étaient volées, proteste-t-il.

On croirait entendre un enfant : «Je ne savais pas que ces blocs Lego étaient à toi quand je les ai pris, je pensais que quelqu'un d'autre les avait laissés là.»

— La plupart du temps, il s'agissait de gars qui avaient juste envie d'une nouvelle auto. Ils signalaient à la police que leur auto avait été volée, s'arrangeaient pour la faire livrer au garage et nous la démontions pour eux. Ils étaient ainsi sûrs qu'on ne la retrouverait jamais. Nous partagions avec eux l'argent gagné en revendant les pièces. Ils touchaient la prime d'assurance et s'achetaient une nouvelle auto. Tout le monde était content. Nous ne faisions de mal à personne.

— Nous ?

— Le gars pour qui je travaillais. Il est parti depuis. À l'étranger.

Je regarde mon oncle en me disant que je n'ai jamais vu un être humain aussi pathétique. J'ai toujours su que Billy n'avait rien d'un génie. En insistant un peu, vous pourriez même me faire dire que c'est un incorrigible fainéant. Toujours à chercher des moyens de se défiler. Le genre à ne jamais se proposer quand il y a quelqu'un d'autre dans les parages qui peut faire le travail.

— Billy, tu es en train de me dire que tu as démonté l'auto qui...

J'ai la gorge tellement nouée que je ne parviens pas à finir ma phrase.

— Les policiers ont dit plus tard que l'auto qui avait tué Nancy était une Impala vert foncé. Et ils n'ont jamais parlé de voiture volée...

Il s'interrompt et me dévisage. Il a dû se rendre compte de sa gaffe. Il vient simplement d'admettre qu'il savait que certaines des autos qu'il *démontait*, comme il le dit si joliment, étaient des véhicules volés.

— Tout ce que je sais, c'est que l'auto qui attendait derrière était noire, pas verte, et que je l'ai démontée.

Il ne lève pas les yeux du plancher.

— Elle venait d'être repeinte. Mais je te jure que je n'y ai pas pensé sur le coup. Ce n'est que plus tard...

— Tu sais probablement qui l'avait laissée au garage, n'est-ce pas?

J'aurais pu dire celui qui a tué ma mère.

— Je n'ai vu personne, Mike. Je ne voyais jamais personne. J'ai simplement fait le travail demandé.

— Et le cambriolage? As-tu trempé dans le cambriolage du restaurant de Monsieur Jhun?

Même s'il nie y avoir été mêlé, je ne suis pas sûr que je vais le croire. Maman avait un double de la clé. Il n'y a pas eu effraction. Celui qui a tué M. Jhun est entré avec une clé. C'est ce que les policiers ont dit.

Billy me regarde droit dans les yeux.

— Non, déclare-t-il. Je n'ai rien à voir là-dedans. Et je n'ai rien à voir non plus avec la mort de Nancy. Je te le jure, Mikey. Mais voilà le hic. Si la police met son nez là-dedans ou si tu racontes ce que je t'ai dit à Riel, ça va me retomber sur le dos. Et cela ne les aidera pas à retrouver le coupable. Mais je serai dans un sacré pétrin, Mikey. Je vais me retrouver derrière les barreaux, c'est sûr. Et je n'ai rien fait de mal.

— Sauf détruire les preuves. Et empêcher la police de retrouver le chauffard.

— Je te jure que je ne savais rien. Bon sang, Mikey, crois-tu que j'aurais fait quelque chose pour aider celui qui a tué ma sœur à s'en tirer?

Si seulement il pouvait s'écouter parler, me dis-je.

— Mais n'est-ce pas justement ce que tu es en train de faire, Billy?

— Je suis comme toi, Mike. Je veux que celui qui a tué Nancy rende des comptes. Mais je ne sais pas qui c'est. Je ne sais rien. Tout ce que je sais, c'est que s'ils font un lien entre moi et cette auto et s'ils enquêtent sur ce que je faisais il y a quelques années, je suis cuit. Je vais me retrouver en prison. C'est ça que tu veux?

Il parle d'un ton geignard, à présent. Je regarde mon oncle, l'homme avec qui je vis, celui qui est censé veiller sur moi depuis quatre ans. Je le regarde et, pour la première fois, je ne vois en face de moi qu'un grand enfant peureux.

— Quel bien cela pourra-t-il faire? reprend Billy. Ça ne fera pas revenir Nancy. Tu ne veux pas que j'aille en prison, hein, Mikey? Que vas-tu devenir si ça arrive? Tu as envie de te retrouver en foyer d'accueil? C'est ça que tu veux?

Je le dévisage encore un moment, puis je monte l'escalier jusqu'à ma chambre. Je ferme la porte et m'assois sur le lit. Je reste là, immobile, pendant que ma chambre — et tout mon univers — s'obscurcit progressivement pour sombrer dans le noir.

CHAPITRE DOUZE

Billy est déjà parti quand je me lève. Je m'en fiche. Je ne veux pas lui parler. Je ne veux plus jamais le revoir.

Je m'habille, descends et contemple l'intérieur du frigo vide pendant une minute. Mais pour une fois, je n'ai pas faim. Je ne ressens rien, je n'ai envie de rien, en fait. Je ne pense pas avoir dormi. Je me répétais encore et encore que pendant tout ce temps, Billy avait été au courant de certains éléments. Il avait fait quelque chose, qu'il avait toujours gardé pour lui. Tout à coup, rester dans cette maison me devient intolérable. Je ne peux pas supporter l'idée de voir Billy rentrer et d'être obligé de le regarder.

J'attrape mon sac d'école et je me dirige vers la porte. Mon sac d'école. Je le contemple une seconde. Des bouquins, des notes et du matériel scolaire qui n'ont plus aucun sens. Je jette le sac par terre et quitte la maison.

Je prends le chemin de la maison de Jen et traîne dans le coin en prenant soin de me cacher, mais je ne la vois pas apparaître. Puis je remonte jusqu'à Cosburn, que j'emprunte jusqu'à dépasser Woodbine. On peut accéder au réseau de parcs, de là, et marcher, marcher, marcher jusqu'à l'hôpital Sunnybrook, si on veut. C'est ce que je fais. Je marche et je réfléchis.

Il doit être autour de dix heures. Je repense soudain aux obsèques de Mme Jhun. Je devrais y aller. C'était une grande amie de ma mère. C'était aussi mon amie. Mais il est trop tard. Je suis trop éloigné du quartier, à présent. Le temps que je rebrousse chemin, la cérémonie sera terminée.

Je poursuis ma route vers le nord. Il n'y a plus de parc à présent, mais je continue de marcher.

Je songe à aller voir les policiers pour leur dire ce que m'a confié Billy. Mais qu'est-ce que ça va donner ? Billy a probablement raison. Si jamais il leur répète ce qu'il m'a raconté — et je dis bien SI jamais il le fait —, ils vont l'arrêter. Si je leur parle, Billy va probablement se dégonfler et se mettre à nier. Et qu'arrivera-t-il ensuite ? Les policiers ne vont pas forcément me croire sur parole. Ils vont devoir enquêter. Et que pourront-ils bien trouver après toutes ces années ?

Il doit y avoir quelque chose. Voilà ce qui me ronge. Il doit y avoir quelque chose, parce que sinon, comment expliquer que Billy ait si peur ? Si c'est impossible pour la police de trouver quoi que ce soit, pourquoi Billy a-t-il tant insisté pour que je demande à Riel de tout laisser tomber? Et pour quelle raison m'a-t-il même avoué ce qu'il avait fait?

Je sens que mon cerveau va exploser.

Billy a peur. Il a peur parce qu'il pense que la police va trouver quelque chose si elle se met à creuser un peu. C'est pour cette raison qu'il veut que j'oblige Riel à abandonner ses recherches. Et si je n'y arrive pas...

Je reste là, planté au milieu de nulle part. L'idée qui me traverse l'esprit me fait trembler.

Si Billy veut que j'oblige Riel à abandonner ses démarches, cela ne peut vouloir dire qu'une chose: quoi que Billy ait pu faire, ou ne pas faire, il en sait plus que ce qu'il m'a dit. Il cache quelque chose. Mais quoi? M'a-t-il menti lorsqu'il m'a dit qu'il n'avait jamais vu la personne qui avait laissé la voiture au garage? A-t-il peur de me le dire parce qu'il a peur de ce que la personne en question pourrait lui faire — qu'il craint encore plus cette personne que la police? Peut-être que Billy ne m'a pas tout dit. Peut-être appartenait-il à un réseau organisé de voleurs d'autos. Mais quoi qu'il en soit, j'ai bien l'intention de lui tirer les vers du nez. Je fais demi-tour et reprends la direction de la maison.

Quand je quitte le parc, il est presque l'heure de souper et mon appétit est revenu. Je fouille dans mes poches. Un dollar, quelques pièces de vingt-cinq cents et une poignée de cents. Je m'arrête au premier restaurant que je croise et j'achète un petit burger que j'engloutis en deux bouchées. Je redescends la rue Coburn en direction de la maison, en me demandant ce que je trouverai dans le frigo, lorsqu'une auto-patrouille me croise dans l'autre sens, fait demi-tour et vient s'arrêter à ma hauteur. Un agent en descend.

— Comment t'appelles-tu, mon gars?

— Pourquoi? Je n'ai rien fait de mal.

Mais ma réponse ne semble pas l'irriter. Il y a même quelque chose de bizarre dans la façon dont il me regarde.

— Comment t'appelles-tu? répète-t-il.

Je lui dis mon nom.

— Il faut que tu viennes avec nous, Mike. Tu es attendu chez toi.

Quoi? Billy a lancé la police à mes trousses?

— Qu'est-ce qu'on me veut?

— Ils t'expliqueront ça là-bas, répond l'agent. Viens, Mike.

Il m'ouvre la portière arrière. Je monte. L'autre agent, celui qui n'est pas au volant, signale par radio qu'ils m'ont trouvé. Puis c'est le silence. Nous roulons sur Coburn jusqu'à Danforth, puis nous tournons au coin de ma rue.

Il y a une autre auto-patrouille garée devant la maison ainsi qu'un camion de police portant l'inscription «Expertise médico-légale». J'aperçois Riel sur le trottoir, en grande conversation avec un des agents en uniforme. Il se retourne à notre approche, puis vient vers nous et m'ouvre la portière.

Je ne ressens plus aucune colère contre lui. Je suis même content de le voir.

— Qu'est-ce que vous faites ici?

— Je suis allé aux obsèques ce matin, répond-il. Comme je ne t'ai pas vu, je suis passé chez toi voir si tout allait bien. Et ils étaient déjà là.

Il m'indique d'un signe de tête l'auto-patrouille et le camion.

— Qu'est-ce qui se passe? Qu'est-ce qu'ils font là?

— C'est ton oncle, répond-il.

— Quoi, mon oncle? Ils l'ont arrêté?

Je ne vois pas ce qu'il aurait pu arriver d'autre.

Riel secoue la tête. Il m'accompagne jusqu'à sa voiture et ouvre la portière du passager.

— Assieds-toi, Mike.

Je pose les fesses sur la banquette en laissant pendre mes jambes à l'extérieur.

Riel se retourne vers la maison.

— Billy est mort, dit-il.

J'éclate de rire. C'est une réaction automatique, parce que la seule idée qui me traverse l'esprit, c'est qu'il me fait une blague. Mais Riel ne sourit pas le moindrement.

— Je suis désolé, Mike.

Et je comprends qu'il ne plaisante pas.

— Mais… qu'est-ce qui s'est passé?

Riel secoue la tête.

— Aucune idée. L'équipe de l'identification est sur les lieux. Et il y a deux inspecteurs de la brigade des homicides qui vont vouloir te parler.

Homicides?

— Quelqu'un a tué Billy?

— On appelle toujours la brigade des homicides en cas de mort suspecte, explique Riel. Parfois, il se trouve que c'est une mort accidentelle ou une mort naturelle. Mais ils doivent toujours vérifier.

Il jette un coup d'œil par-dessus son épaule. Deux policiers en civil descendent l'allée dans notre direction.

— Ils vont t'interroger, Mike. D'accord?

Les deux inspecteurs se présentent. Inspecteur Jones et inspecteur London.

— Qu'est-il arrivé à Billy?

— C'est ce que nous cherchons à établir, Mike, répond l'inspecteur Jones. Nous allons devoir te poser quelques questions, d'accord? Tu peux exiger la présence de quelqu'un, si tu

231

veux. Aimerais-tu que nous appelions quel-qu'un?

Ce n'est que plus tard que je m'apercevrai que l'inspecteur Jones parle sur le même ton posé que Riel — avec le même calme, la même patience.

Je ne vois pas qui je pourrais appeler. Je me tourne vers Riel.

— Tu veux que je reste avec toi, Mike? me demande-t-il.

Cette perspective ne semble guère enchan-ter les deux autres.

— Veux-tu que John reste avec toi, Mike? demande l'inspecteur Jones.

Je hoche la tête.

Et les questions commencent, un vrai tor-rent de questions qui déboulent les unes après les autres. Ils n'arrêtent pas, ils se relaient et, pendant tout ce temps, une seule idée me trotte dans la tête: Billy est mort. Billy. Mort.

— Quand as-tu vu ton oncle pour la der-nière fois?

La dernière fois?

— Hier soir. Après l'école.

J'étais en colère contre lui, à ce moment-là. Je ne voulais plus jamais lui parler.

— Tu ne l'as pas vu ce matin?

Non, et je le regrette. Je repense à toutes les choses que j'aurais pu lui dire.

— Il était parti quand je me suis levé.

— Partait-il avant toi d'habitude?

Je secoue la tête. D'habitude, Billy dormait encore quand je me levais le matin. Je devais habituellement le réveiller pour qu'il n'arrive pas en retard au travail.

— Et toi, Mike? À quelle heure as-tu quitté la maison ce matin?

— Vers huit heures, je crois.

— Où es-tu allé?

Je lui raconte tout ce que j'ai fait aujourd'hui. Mais je ne lui dis pas que j'ai passé la journée à ruminer à propos de Billy.

— Tu n'es pas revenu ici de la journée?

Si seulement je l'avais fait! Si seulement je n'avais pas quitté la maison! Si j'étais resté ici, si j'avais pu parler à Billy, les choses seraient peut-être bien différentes à l'heure qu'il est.

— Peux-tu nous parler de ton oncle, Mike? Nous dire quelque chose sur lui?

Oh, je pourrais leur raconter des milliers de trucs. De petites choses. Que par exemple Billy estimait que des hot-dogs avec ketchup et relish constituaient un repas équilibré — le ketchup est fait avec des tomates, la relish avec des cornichons… et voilà la portion de légumes requise! Ou encore que Billy ne connaissait rien en matière de lessive — tous ses bas blancs avaient viré au gris parce qu'il les lavait avec ses jeans et ses T-shirts noirs. Ou comment Billy charmait les filles en leur chantant la chanson qu'il avait écrite — il changeait simplement le nom de la fille chaque fois.

Je regarde l'inspecteur.

— Que voulez-vous dire?

— Est-ce qu'il t'a paru nerveux? Préoccupé?

Je regarde Riel.

— Mike? insiste l'inspecteur Jones. Y avait-il quelque chose qui tracassait ton oncle?

Je secoue la tête. Est-ce un mensonge quand vous ne répondez pas tout de suite?

— Quand tu as vu ton oncle hier soir, comment était-il?

— Il avait bu.

Voilà au moins une réponse honnête.

— Lui as-tu parlé?

— Oui, un peu.

— As-tu remarqué quelque chose d'inhabituel chez lui?

Pourquoi me pose-t-il cette question? Que savent les policiers? Ont-ils des soupçons?

— Que voulez-vous dire?

— Il était peut-être angoissé par quelque chose. Déprimé. L'as-tu remarqué?

Je me tourne à nouveau vers Riel. Cette fois, les deux inspecteurs échangent un regard.

— Écoute, Mike, dit l'inspecteur Jones. Nous cherchons seulement à savoir ce qui est arrivé à ton oncle.

Que lui est-il arrivé, au fait? Je prends soudain conscience qu'ils ne m'ont rien dit. Je n'étais pas certain de vouloir le savoir, mais il me semble que je dois bien ça à Billy. Je pose la question.

— Comment est-il mort ?

L'inspecteur Jones jette un coup d'œil à Riel. Je fais la même chose. Riel pousse un soupir. Puis il hausse les épaules, comme s'il savait que ce qui allait suivre n'avait rien d'agréable, mais qu'il ne pouvait rien faire pour l'empêcher.

— Asphyxie, apparemment, répond l'inspecteur Jones.

— Vous voulez dire qu'il est mort étouffé ?

Il hésite une fraction de seconde avant de répondre.

— Il était pendu, Mike.

J'ai l'impression tout à coup que mon cerveau est paralysé, incapable d'enregistrer ce que je viens d'entendre. Billy ? Pendu ?

— Vous voulez dire qu'il s'est suicidé ?

— C'est ce que nous voulons éclaircir, Mike. C'est pour cette raison que nous avons besoin que tu répondes à nos questions.

— Tout ce que tu diras aux inspecteurs pourra les aider à élucider ce qui s'est réellement passé, me dit Riel.

Billy. Pendu. Pourquoi me taire à présent ?

— Je l'ai vu hier soir en rentrant de l'école. Il était dans la cuisine quand je suis entré et il avait bu. Nous avons parlé de ma mère, de la façon dont elle est morte.

Les deux inspecteurs ne semblent pas surpris. J'en déduis que Riel a dû les mettre au courant de mon histoire familiale.

— Billy était en colère parce que j'avais parlé à Monsieur Riel. Il voulait que je ne lui dise plus rien et je lui ai répondu qu'il n'en était pas question.

— Qu'est-ce qu'il ne voulait pas que tu dises, Mike ?

Je me mets à leur déballer toute l'histoire. Pourquoi me taire ? Que peut-il se passer de pire pour Billy, à présent ? Et que peut-il m'arriver de pire, à moi aussi ?

Les inspecteurs prennent des notes. Une fois que j'ai terminé mon récit, ils me posent encore quelques questions. Puis ils me demandent de me présenter au poste de police pour faire ma déposition.

— Est-ce que ça peut attendre jusqu'à demain ? leur demande Riel.

Ils acquiescent. Nous nous apprêtons à nous séparer quand une femme arrive sur les lieux. Une intervenante du Service d'aide à l'enfance.

Je me souviens de ce que m'avait dit Billy : « Veux-tu finir dans un foyer d'accueil, Mikey ? C'est ça que tu veux ? » Comme si j'allais me fourrer moi-même dans ce pétrin si jamais j'ouvrais la bouche. Mais ce ne sera pas à cause de moi que je vais finir en famille d'accueil. Ce sera à cause de Billy. Billy, qui s'est pendu.

— Je ne veux pas partir avec elle, dis-je à Riel.

— As-tu d'autres parents en ville ?

Je secoue la tête. Je n'ai plus de famille, point à la ligne. Riel reste un moment silencieux, les mains dans les poches.

— Veux-tu passer la nuit chez moi ? propose-t-il finalement. On verra demain ce qu'on peut faire.

Je regarde la femme du Service d'aide à l'enfance. Elle est plus âgée que ma mère ne l'a jamais été et on dirait qu'elle va s'effondrer sous le poids de l'énorme sac qu'elle porte en bandoulière. Elle fronce les sourcils en entendant Riel lui répéter ce qu'il vient de me proposer, mais elle ne dit pas non. Elle entraîne Riel un peu à l'écart. Ils discutent un bon moment et la femme ne cesse pendant tout ce temps de gribouiller sur un formulaire. Quand elle en a fini avec Riel, elle fait signe à l'un des inspecteurs, parle avec lui et prend encore des notes. Pour finir, elle extrait un téléphone cellulaire de son sac et compose un numéro. Une fois la communication terminée, elle tend sa carte à Riel et fait demi-tour pour retourner à sa voiture.

— Tu ne peux pas encore entrer dans la maison, m'explique Riel. Si tu as besoin de quelque chose pour ce soir, parles-en à l'inspecteur Jones et quelqu'un te l'apportera plus tard. D'accord?

J'indique à l'inspecteur où, si ma mémoire est bonne, il pourra trouver ma brosse à dents, mon sac d'école et des vêtements de rechange. Puis je monte dans la voiture de Riel et nous rentrons chez lui.

— Tu as faim, Mike? me demande-t-il en ouvrant la porte d'entrée.

Je m'apprête à lui dire non, mais l'heure du souper est depuis longtemps passée et à part ce petit burger, je n'ai rien mangé de la journée.

Riel m'escorte à l'étage jusqu'à une pièce meublée d'un canapé et d'un petit poste de télé. Elle doit contenir un million de livres.

— C'est un canapé-lit, il te suffit de l'ouvrir, me dit-il. Tu trouveras des draps, des couvertures et un oreiller dans le rangement du couloir. La salle de bains, c'est la deuxième porte à gauche. Tu peux te détendre un peu devant la télé pendant que je prépare le souper. Si tu as envie de parler, je suis dans la cuisine. O.K.?

Il s'éclipse si discrètement qu'il me faut un moment pour m'apercevoir que je suis seul. Je m'affale sur le canapé, m'empare d'un geste automatique de la télécommande et allume le poste. Je l'éteins aussitôt. Billy est mort. Billy, qui n'écoutait jamais quand on lui demandait de faire quelque chose, qui trouvait toujours mille prétextes pour ne pas réparer la porte à moustiquaire, ne pas accrocher son blouson au porte-manteau ou acheter de la bière plutôt que de la nourriture. Billy, qui m'emmenait souvent au parc quand il avait quatorze ou quinze ans et que j'en avais trois ou quatre. Qui me poussait sur la balançoire et m'envoyait si haut que j'avais l'impression de m'envoler. Qui m'emmenait à la piscine de Monarch Park. Qui m'accompagnait à mes cours de natation quand maman n'avait pas le temps. Il me lisait même des histoires, quoique je ne me rappelle pas l'avoir vu avec un livre dans les mains après qu'il a quitté l'école. Billy, qui se tenait à mes côtés aux obsèques de maman, sa main sur mon épaule qu'il serrait, pour que je sache que je devais me montrer courageux, que je pouvais surmonter l'épreuve. Il avait vingt et un ans quand maman est morte. La vie pour lui consistait à courir les filles, à faire la fête, à prendre un coup et à travailler assez pour s'offrir tout ça, et il s'est retrouvé du jour au lendemain responsable d'un neveu de onze ans. C'est vrai qu'il n'est jamais devenu un véritable parent, mais il ne s'est jamais plaint. Il n'a jamais essayé de me refiler à quelqu'un d'autre. Quand je jouais dans la ligue de soccer, quand ce sport m'intéressait encore, il était là, à m'encourager sur la ligne de touche. Billy. Mon oncle, qui était plutôt mon grand frère. Billy est mort.

J'inspecte la pièce où je me trouve. Elle ne se distingue en rien du reste de la maison, tout est propre et nu comme si personne n'y vivait vraiment.

Je descends et rejoins Riel dans la cuisine. Il s'affaire à découper un poulet.

— Aimes-tu le poulet sauté, Mike?

Je lui réponds que je n'en ai jamais mangé. Il me lance un poivron vert et un poivron rouge et me demande de les laver et de les tailler en lanières. Je suis content d'occuper mes mains. La radio est allumée sur un de ces postes spécialisés dans la musique rétro. Je coupe les légumes, il les fait sauter et le temps de le dire, nous voilà tous les deux attablés devant nos assiettes. Je me surprends moi-même en me resservant deux fois.

— Tu arrives à tenir le coup, Mike? demande Riel une fois nos assiettes vides.

— Ça va.

C'est un mensonge. C'est vrai que j'ai dévoré mon souper comme si nous étions menacés de famine, mais je ne parviens pas plus à maîtriser les mouvements de mon estomac que les pensées qui me tournent dans la tête. Et j'ai le cerveau en ébullition. J'ai soudain

l'impression que tout ce que je viens d'englou-
tir va me remonter dans la gorge.

— C'est de ma faute, dis-je à Riel.

Bon, c'est enfin sorti ; une des idées que je
tourne et retourne dans ma tête.

— Si je n'avais pas commencé à vous casser
les pieds avec ce qui est arrivé à ma mère, Billy
n'aurait pas perdu les pédales. Il ne m'aurait
pas raconté ce qu'il a fait. Vous auriez dû le
voir, Monsieur Riel...

— John. Appelle-moi John.

— Je ne sais pas s'il avait honte ou s'il avait
peur, ou bien les deux, mais il était malheureux,
ça c'est sûr.

Riel se lève et débarrasse la table. J'ignore
s'il m'écoute ou non. Il reste un moment occupé
devant l'évier.

— Il faut que tu réfléchisses à ce qui va se
passer maintenant.

— Que voulez-vous dire ?

— Il doit bien y avoir quelqu'un, Mike.
Une grand-mère, un cousin, quelqu'un de la
famille.

Je secoue la tête.

— Maman et Billy étaient ma seule famille.
Mon père est mort il y a quelques années,
et de toute façon, je ne l'ai jamais connu. S'il
avait de la famille de son côté, je n'en ai pas
la moindre idée. Et ce seraient de parfaits
étrangers.

Riel nettoie l'évier, puis se lave les mains et les essuie avec un torchon suspendu à l'intérieur d'une des armoires.

— J'ai des devoirs à noter, Mike. Mais si tu as envie de parler, ils peuvent attendre.

Je n'ai pas envie de parler. Pas maintenant. Je lui dis que je suis fatigué, ce qui est la pure vérité. J'ai passé toute la journée à marcher.

Je monte l'escalier, je fais mon lit et j'allume la télé. Il est environ vingt-deux heures quand j'entends sonner à la porte. Je baisse le volume, rampe jusqu'à la porte de la chambre que j'entrouvre doucement. J'entends Riel accueillir le visiteur.

— J'apporte les affaires du petit.

Je reconnais la voix. C'est celle de l'inspecteur Jones.

— Comment va-t-il ?

— Ça a l'air d'aller, répond Riel. C'est un bon petit gars.

Bon sang, si j'avais reçu cinq cents dollars chaque fois que quelqu'un a dit ça de moi dernièrement, je serais riche de... de cinq cents.

— Et toi, Johnny ? Comment ça va ?

— Tu trouves que c'est dur de travailler aux homicides ? Tu devrais essayer d'enseigner à des ados ! déclare Riel. Avez-vous trouvé quelque chose ?

— Tu sais bien que je ne peux rien dire.

— Il fut un temps où tu me disais tout, reproche Riel.

Je n'entends plus rien pendant un bon moment. Je me demande même si l'inspecteur Jones n'est pas reparti.

— D'après ce que nous a raconté le petit, il se peut que son oncle ait eu suffisamment de motifs — sentiment de culpabilité, remords, honte, peur de se faire prendre… ce n'est pas ça qui manque.

— Et le mot qu'on a retrouvé?

— C'était bref, il n'y a pas à dire. Trois mots: *Désolé pour tout*. Les gars de la graphologie analysent l'écriture. Et puis il y a cette histoire de porte, il a laissé la porte d'entrée ouverte. Quand un gars se suicide, il a d'habitude une bonne idée de qui va le découvrir. Tu sais bien comment ils planifient ce genre de choses. Il a bien dû penser que le petit allait rentrer après l'école et le trouver, non? Mais il n'a pas voulu que ça se passe ainsi. Il n'a pas voulu que ce soit le garçon qui le découvre, si bien qu'il a laissé la porte grande ouverte. Le chien du voisin est entré dans la maison et le voisin l'a suivi. Il a épargné la scène au petit. De toute façon, l'autopsie est prévue pour demain matin. Nous serons définitivement fixés.

Ils discutent encore un moment de choses sans intérêt. J'attends que la porte d'entrée se referme pour descendre l'escalier.

Si Riel est surpris de me voir, il n'en laisse rien paraître. Il me tend mon sac d'école et une poche de plastique contenant mes affaires — brosse à dents, quelques vêtements, une photo dans un cadre. Je la sors et la regarde. C'est la photo qui trônait sur ma commode : ma mère, moi à l'âge de trois ou quatre ans, et Billy à treize ou quatorze ans. Je la regarde et les larmes me montent aux yeux.

Il me semble entendre encore la sonnette au cours de la nuit. Mais c'est peut-être un rêve. Je crois entendre une voix de femme en bas, mais je n'en suis pas certain.

CHAPITRE TREIZE

J'ai dû m'endormir parce que je n'ai aucun souvenir de la nuit que je viens de passer dans la chambre d'ami de Riel. Je sais en revanche que je me suis réveillé vers cinq heures. À six heures, j'entends du bruit dans la cuisine. Une odeur de café monte jusqu'à l'étage. Je m'habille et descends.

Riel boit son café assis à la table de la cuisine. Il fait encore nuit. En cette période de l'année, le soleil ne se lève pas avant sept heures. Mais Riel n'a pas pris la peine d'allumer. Il est assis dans le noir.

— Te voilà debout de bonne heure, dit-il.

— Je n'arrivais plus à dormir.

— Il y a du jus dans le frigo, Mike. Ou du lait. À moins que tu préfères du café, ajoute-t-il en essayant de m'apercevoir dans l'obscurité.

— Du jus, ce sera parfait. Restez assis, je m'en occupe.

Je me verse un verre de jus et viens m'attabler en face de lui. Nous gardons le silence un moment.

— Ce n'est pas de ta faute, Mike, fait soudain Riel.

— Ouais, mais si je n'avais pas…

— Je savais que tu en parlerais à Billy.

Il crispe ses mains autour de sa tasse, comme si la température avait chuté à quarante degrés sous zéro et que c'était sa seule et unique source de chaleur.

— C'est la raison pour laquelle je t'ai parlé, Mike, poursuit-il d'un ton calme, sans se presser. Après ce que tu m'as raconté, je n'ai pas pu m'empêcher de penser qu'il y avait un lien entre Billy et ce qui est arrivé à ta mère. Mais je ne savais pas lequel. J'ai pensé que si j'abattais mes cartes, tu en parlerais à Billy. Et qu'une ou deux choses allaient se produire.

Je sens se réveiller quelque chose d'énorme, de hideux, à l'intérieur de mon ventre.

— Que Billy se suicide, par exemple?

Riel secoue la tête.

— Crois-moi, Mike, si j'avais pu imaginer…

Il serre sa tasse si fort que ses jointures ressortent en blanc sur le bleu foncé de la tasse.

— J'ai pensé que s'il apprenait que nous allions reprendre l'enquête — encore ce *nous*, comme s'il n'avait jamais quitté la police — il allait soit courir prévenir celui ou ceux avec qui il travaillait, soit ne pas réagir du tout, parce qu'il n'avait rien à voir dans cette affaire.

Je le dévisage un long moment. Voilà quelqu'un à qui je faisais confiance, enfin, d'une certaine manière. Je lui ai confié tout ce que je savais. J'ai été honnête avec lui.

— Si je comprends bien, lui dis-je en m'efforçant de bien peser mes mots avant de les prononcer, vous vous êtes servi de moi.

— Si j'avais pu prévoir que…

Je me lève. Je veux rentrer chez moi. Tout de suite. Mais ai-je encore un chez-moi, si ce n'est une vieille baraque branlante et vide? Où il n'y aura personne pour m'attendre. J'ai envie de m'emparer d'un objet, ce grille-pain sur le comptoir par exemple, et de le balancer à travers la fenêtre pour entendre le bruit du verre brisé, le *cling clang* du grille-pain qui dégringole et atterrit dehors. J'ai envie de frapper, de casser quelque chose, de défoncer le mur d'un coup de poing, de frapper Riel de l'autre côté de la table, de le battre, de lui faire mal.

Riel se lève à son tour, lentement, sans me quitter des yeux.

— Tu dois aller au centre-ville tout à l'heure. Faire une déposition. Veux-tu que je t'accompagne ou préfères-tu que je trouve quelqu'un d'autre?

Quelqu'un d'autre? Comme s'il y avait une foule d'autres adultes dans ma vie!

— La dame de l'Aide à l'enfance, dis-je. Pensez-vous qu'elle pourra m'accompagner?

Une expression de surprise passe sur son visage et je m'en réjouis : je ne veux pas de lui, je veux quelqu'un d'autre, n'importe qui fera l'affaire, un parfait étranger plutôt que lui !

Il jette un coup d'œil à la pendule accrochée au mur.

— Il est trop tôt pour l'appeler, mais je lui téléphonerai dès que je pourrai. Veux-tu manger quelque chose ?

Je secoue la tête. Je ne veux rien recevoir de lui. Je remonte à l'étage, je ferme la porte de ma chambre et j'allume la télé. Je navigue d'une chaîne à l'autre jusqu'à ce que Riel monte à son tour. J'entends le bruit de la douche. J'en profite pour redescendre à la cuisine me préparer un sandwich au beurre d'arachides. Le journal est ouvert sur le comptoir. Je feuillette les pages jusqu'à ce que je trouve un entrefilet de cinq lignes — *Un homme de 25 ans trouvé mort à son domicile* — où figure le nom complet de Billy : William James Wyatt. Il a été trouvé sans vie, la police mène l'enquête et ne peut faire de déclarations pour le moment. L'article précise que Billy était mécanicien dans un garage. C'est tout.

Riel appelle la femme de l'Aide à l'enfance. Elle m'attendra au commissariat central. Puis il téléphone à l'école pour prévenir que je serai absent aujourd'hui et que lui-même sera en retard. Il me conduit au centre-ville. La femme de l'Aide à l'enfance — elle se présente, Margaret Phillips — nous attend sur le trottoir quand nous arrivons. Elle me sourit et me demande de patienter une minute pendant qu'elle s'entretient avec Riel. J'ignore de quoi ils discutent et je m'en fiche éperdument. Riel repart. Mme Phillips et moi gravissons les marches du perron, entrons dans le commissariat et nous dirigeons vers le comptoir d'accueil. On nous fait monter à l'étage et je m'assois avec elle devant l'inspecteur Jones. Je débite à nouveau toute l'histoire — la dernière fois que j'ai vu Billy, son comportement, de quoi nous avons parlé, ce qu'il m'a dit, où il est allé ensuite et ce que moi-même j'ai fait. Ils me laissent tout raconter à ma façon. L'inspecteur Jones me pose ensuite quelques questions. Et c'est tout.

— Je veux aller à l'école, dis-je à Madame Phillips en sortant du commissariat.

— Mais, Mike, tu ne crois pas que...

Nous discutons un moment et elle finit par céder. Sur le trajet en direction de l'école, elle me dit qu'elle va essayer de me trouver une famille d'accueil. Elle passera me prendre à l'école et m'aidera à m'installer.

M'installer.

Comme si je pouvais me sentir chez moi un jour. Et m'installer où, exactement? Je n'ai pas de famille. Je n'avais personne d'autre que Billy. Que va-t-il arriver à présent? Suis-je censé vivre avec des gens que je ne connais même pas, des gens que l'on paiera pour qu'ils s'occupent de moi et qui compteront les jours jusqu'à ce que je fête mes dix-huit ans?

M'installer. C'est ça!

Il est midi quand elle me dépose à l'école. Elle me dit qu'elle m'attendra à la sortie et me donne quatre pièces de vingt-cinq cents et sa carte avec son numéro de téléphone.

— Si tu trouves ça trop dur, appelle-moi. Quand tu veux, Mike, même dans cinq minutes. Je passerai te prendre. D'accord?

— D'accord.

Je me dirige vers la cour arrière de l'école à la recherche de Vin et de Sal. J'aperçois Vin à l'extrémité du terrain de football. Il me tourne à moitié le dos et ne peut pas me voir. J'entreprends de traverser le terrain quand j'entends quelqu'un m'appeler. C'est Jen. Je me retourne. Elle attend que nos regards se croisent et vient me rejoindre. Elle s'approche assez pour que je puisse compter ses taches de rousseur et sentir le parfum qu'elle porte tout le temps. Je ferme les yeux une seconde, peut-être va-t-elle m'entourer de ses bras et me serrer contre elle, comme elle avait l'habitude de le faire.

Espoir déçu. Elle s'arrête à un mètre de moi. Des larmes brillent dans ses yeux verts.

— J'ai appris pour ton oncle, commence-t-elle d'une voix tremblante.

C'est peut-être un bon signe, me dis-je. Si elle est peinée de ce qui est arrivé à Billy, peut-être va-t-elle se soucier de ce qui va m'arriver à moi aussi.

— Oh, Mike! Je suis vraiment désolée. Comment est-il?...

Elle s'arrête, incapable de prononcer le mot.

— Ils ne le savent pas encore avec certitude.

J'ai envie de la prendre dans mes bras, de la serrer contre moi, de sentir la chaleur de sa peau et le souffle de son haleine sur mon visage. Mais elle reste où elle est, hors de portée, et je repense à ce que j'ai fait la dernière fois qu'on s'est vus. Quel crétin!

— Comment vas-tu? demande-t-elle en levant ses sourcils cuivrés, ce qui accentue son air soucieux. Où vas-tu habiter?

Je hausse les épaules. Une question non encore résolue.

— As-tu quelque chose de prévu après l'école, Jen? J'apprécierais un peu de compagnie.

Elle se détourne. Deux petites lignes se dessinent sur son front lisse.

— J'aimerais bien, Mike. Je n'arrive même pas à imaginer à quel point tu dois te sentir malheureux.

Mais… J'attends le *mais* qui va suivre. Je peux pratiquement l'entendre, le goûter à l'avance. Mais Jen s'efforce probablement de se montrer gentille, parce qu'elle s'abstient de le prononcer.

— Tu es déjà prise, hein ?

Elle soulève ses épaules étroites, puis semble se ratatiner sur place.

— Patrick, c'est ça ?

Ses yeux me fuient et vont se fixer sur le sol pendant un si long moment que je me demande si elle va un jour les relever vers moi.

— Ce n'est pas ce que tu imagines, Mike. C'est…

Elle s'interrompt et son regard rencontre le mien.

— Si tu en as envie, je peux passer autant de temps que tu veux avec toi.

Il y a une minute, j'aurais sauté de joie en entendant ces paroles. Je la regarde essuyer une larme. Elle ferait n'importe quoi pour moi. Elle le ferait pour me faire plaisir. À moi. Pas à elle. Elle le ferait par pitié. Pauvre Mike.

— Je suis tellement désolée pour Billy, répète-t-elle.

— Merci.

Je pourrais ouvrir les bras. Si elle en avait envie, elle pourrait me serrer contre elle.

— Merci, Jen, lui dis-je en jetant un coup d'œil derrière moi.

J'aperçois Vin qui me regarde. Vin, mon meilleur ami.

— Excuse-moi, Jen. Il faut que j'y aille.

Je tourne aussitôt les talons pour ne pas voir son visage, pour m'éviter de lire du soulagement sur ses traits. Je traverse le terrain de sport et rejoins Vin, qui m'accueille d'une claque sur l'épaule.

— Maman te fait dire que tu peux rester chez nous quelque temps.

J'ai envie de l'embrasser. D'embrasser sa mère, aussi.

— Veux-tu prendre congé cet après-midi? demande Vin. On pourrait faire un tour au centre-ville, aller voir un film. Je connais un gars qui vérifie les billets au...

Je secoue la tête.

— Je préfère aller me promener, Vin.

J'espérais, en allant à l'école, que la présence de mes amis allégerait un peu ma peine. Mais Jen ne veut pas de moi et Vin — Vin est mon meilleur copain et c'est un gars super — ne peut pas m'apporter ce dont j'ai besoin.

— On se voit plus tard, d'accord, Vin?

Il ne discute pas. Il ne discute jamais.

Ce n'était pas une bonne idée d'aller à l'école. Je ne parviens pas à me concentrer. En toute honnêteté, si on me demandait quels cours j'ai suivis cet après-midi — sans parler de ce qu'ont pu raconter les profs — je ne pourrais jamais répondre même si ma vie en dépendait. Chaque fois que la cloche sonne, je quitte ma place pour aller m'asseoir ailleurs devant un autre pupitre. J'ouvre un cahier. J'entends des bruits de voix. Mais je n'écoute pas. Je n'écris pas. Je ne comprends rien. Je m'en fiche éperdument.

Maman n'est plus là. Billy n'est plus là. Ne reste que moi. C'est une drôle de sensation. J'en ai la chair de poule. Un jour, vous avez une famille et le lendemain, vous vous retrouvez seul au monde. Avec qui vais-je fêter Noël à présent ? Qui sur cette planète peut encore me dire : « Hé, mon vieux, je te connais depuis le jour de ta naissance » ? Billy me répétait ça tout le temps. *Mikey, n'essaie pas de m'embobiner, je te connais depuis que tu es venu au monde.* Qui pourra me parler du jour où j'ai commencé à marcher, du jour où j'ai perdu ma première dent de lait ? Maman se préoccupait davantage de ce genre de choses que Billy, mais Billy était au courant, lui aussi. Il aimait taquiner maman en lui rappelant que c'était vers lui que j'avais fait mes premiers pas, et non vers elle. Qui pourra me dire : « Quand tu prends cet air-là, tu me rappelles ton père, ou ta mère, ou ton oncle»? Qui va supporter mes accès de mauvaise humeur? D'accord, il arrivait à Billy de perdre son sang-froid quand je me conduisais comme un imbécile. Mais jamais il n'aurait dit: «Ça suffit, je m'en vais, c'est fini entre nous.» Il était toujours là. Parce qu'il devait être là. Parce qu'il était ma famille. Il était toute la famille que j'avais.

Plutôt que d'attendre Mme Phillips devant l'école comme je le lui avais promis, j'emprunte une autre sortie et je prends le chemin de la maison.

Je sais que je ne pourrai probablement pas entrer. Et comme de fait, la police a tendu du ruban jaune en travers de l'allée. Un agent en tenue se tient sur la galerie. Il me suit des yeux tandis que je passe devant la maison, mais je présume qu'il ne voit en moi qu'un autre des jeunes du quartier, poussé par la curiosité. Je dépasse la maison en essayant d'imaginer à quoi ressemble notre logement à présent, à quoi il ressemblait quand ils ont trouvé Billy; je suis content que Billy ait laissé la porte ouverte et, si j'en crois ce qu'a dit l'inspecteur, content qu'il l'ait fait pour moi. Il a probablement tout fait pour moi. Billy n'a jamais été un génie. Il aurait dû savoir que quoi qu'il arrive, j'aurais toujours préféré l'avoir auprès de moi plutôt que me retrouver tout seul.

Je suis déjà hors de vue de la maison quand une auto ralentit à ma hauteur. Dan et Lew. Lew est au volant. Il se gare et Dan descend de l'auto.

— Salut, Mike !

Je ne l'ai jamais vu aussi pâle. Il a le teint pratiquement gris, comme s'il n'avait pas dormi. Il m'entoure l'épaule de son bras et me serre fort. J'ai envie de l'embrasser, mais je me retiens. Je sais qu'il m'aime bien, mais je ne pense pas qu'il apprécie ce genre d'effusion.

— Nous avons appris, pour Billy, me dit-il. Bon sang, pourquoi a-t-il fait ça ?

Je cligne des yeux.

— Qu'est-ce qui peut pousser un gars à faire une chose pareille ? reprend-il.

— Il ne t'a parlé de rien ?

Dan secoue la tête d'un air ahuri.

— La dernière fois que je l'ai vu, c'était avant-hier. Nous devions aller à Barrie hier pour rencontrer un gars à propos d'une auto. Il m'a appelé pour me dire qu'il ne pourrait pas venir. C'est la dernière fois que je lui ai parlé.

Il a les yeux humides. Lui et Billy se connaissaient depuis une éternité. Ça me fait chaud au cœur de savoir que je ne suis pas la seule personne à qui il va manquer. À qui il manque déjà.

— Et toi, Mike ? Comment ça va ?

Je hausse les épaules. Qu'est-ce qu'il imagine?

— As-tu un endroit où dormir? me demande-t-il. Veux-tu de l'argent, autre chose?

Il plonge la main dans sa poche et sort son portefeuille.

Je secoue la tête. Ce que je veux, l'argent ne pourra jamais l'acheter. Et soudain, je n'y tiens plus, il faut que je sache.

— Étiez-vous dans la même combine que lui?

Je me penche à la vitre de la portière, pour que Lew comprenne que ma question s'adresse à lui aussi.

— Quelle combine? De quoi parles-tu? demande Dan.

— Démonter des autos volées. Ce que faisait Billy.

Dan jette un coup d'œil à Lew et pousse un profond soupir.

— Comment l'as-tu appris? Billy te l'a dit?

— Ouais.

— C'est de l'histoire ancienne, tu sais. Et c'était la combine de Billy. C'était avant.

Il a dit ça comme si j'étais censé savoir avant quoi. Et je pense que je le sais, d'ailleurs.

— Mais il s'est réveillé à temps et il a laissé tomber, pas vrai? Et il s'est toujours occupé de toi quand il le fallait, hein?

Si on fait exception du frigo toujours vide et de sa propension à me laisser le soin du ménage, oui, il s'est bien occupé de moi, et je le dis. Dan échange un autre regard avec Lew, puis il secoue la tête.

— Ouais, bon. Il a fait ça, admet-il.

— Il a fait quoi ?

Dan plante ses yeux dans les miens.

— Il ne t'a pas dit ? Parce que s'il ne t'a rien dit…

— Tu veux parler de l'auto qui a tué maman ?

Dan secoue encore la tête. Il a l'air de souffrir et se pince l'arête du nez entre le pouce et l'index.

— Tu connaissais Billy. Il ne voyait jamais plus loin que le bout de son nez. Toujours à chercher une arnaque pour empocher quelques dollars. Mais il ne savait pas, Mike. Et quand il l'a découvert, qu'est-ce qu'il aurait pu faire ? Se mettre lui-même dans le pétrin pour une chose qu'on ne pouvait pas réparer ?

— Ma mère était morte, Dan.

— Je sais, je sais. Et ça rendait Billy malade. Mais il s'est dit que c'était à lui de s'occuper de toi, désormais, et qu'il ne pourrait jamais le faire s'il se retrouvait dans une cellule de prison. En plus, il ignorait qui avait laissé la voiture au garage. Ce qu'il m'a raconté — et je l'ai cru —, c'est qu'il n'était pas au courant. Il s'agissait d'une de ces combines apparemment sûres pour frauder les compagnies d'assurances. Un gars veut troquer son auto pour un nouveau modèle. Ce n'est pas un crime. Il a payé ses primes d'assurance pendant des années sans jamais écoper d'une contravention pour excès de vitesse. Il se dit que la grosse compagnie d'assurances lui doit bien quelque chose en retour. Il connaît un gars qui connaît un gars qui peut s'arranger pour piquer sa voiture, il ne sait même pas qui s'en charge. Il ne sait pas ce qu'il advient de son auto. Et Billy, de son côté, ne sait pas non plus à qui appartient l'auto et qui l'a piquée ou ce qui se passe par la suite. Ça ne fait de tort à personne, Mike. Tout le monde le fait.

Il hausse les épaules.

— Mais dans ce cas-là, poursuit Dan, il y avait autre chose et quand Billy l'a découvert, il était trop tard. Je veux dire, comment aurait-il pu savoir que le gars lui avait livré une auto impliquée dans un délit de fuite? C'était un sale coup, Mike. Le destin lui a joué un mauvais tour. Si tu veux mon avis, Billy aurait dû aller voir la police et raconter tout ça. Tout, plutôt que de se passer le cou dans un nœud coulant, tu ne crois pas?

Pour la première fois, d'aussi loin que je m'en souvienne, je partage l'avis de Dan.

Il passe à nouveau son bras autour de mes épaules.

— Billy était comme un frère pour moi aussi, Mike. J'adorais ce gars. Mais tu sais comment il était. Il faisait tout son possible, mais ce n'était pas le gars le plus futé et le plus courageux du coin, tu vois ce que je veux dire?

Je le vois très bien.

— Viens, m'invite Dan. Ça te dit d'aller manger un morceau quelque part? Nous devons aussi discuter de certains détails, non? Il va falloir que tu prennes des dispositions.

Des dispositions… pour des funérailles. C'est de ça dont il veut parler. J'ai les genoux noués. Je n'ai jamais eu à organiser des obsèques. Billy s'était occupé de tout la dernière fois. Je laisse Dan m'aider à monter. Je m'installe sur la banquette arrière. Lew me jette un coup d'œil dans le rétroviseur. Un regard morne, qui n'a plus rien de son regard moqueur habituel. Il appuie sur l'accélérateur et la petite figurine de Marilyn se met à virevolter au bout de la chaînette qui la relie au rétroviseur. Si Billy était là, il lèverait la main et la ferait tournoyer sur elle-même comme une toupie. Il le faisait toujours. Mais Billy n'est plus là. C'est bien tout le problème.

CHAPITRE QUATORZE

Dan et Lew m'emmènent manger des hamburgers et nous discutons de l'organisation des obsèques de Billy.

— On devrait faire une grosse fête, propose Lew. Un party d'enfer!

Dan lui donne un coup de pied sous la table en lui lançant un regard furieux.

— Il veut parler d'une veillée funèbre, explique-t-il.

— Mais il a raison, Dan! S'il y avait une chose que Billy aimait, c'était bien faire la fête. Et s'il en détestait une autre, c'était bien les enterrements.

Dan mâchonne une frite et m'examine d'un air songeur.

— Je ne sais pas comment le dire autrement, Mike, alors je n'irai pas par quatre chemins, commence-t-il d'une voix basse, presque douce. Je veux dire, tu es le seul à qui je peux poser la question. Le seul. O.K.?

Je hoche la tête, mais j'appréhende la suite.

— Tu veux enterrer Billy ou tu préfères qu'il soit incinéré?

Je repose le hamburger dans lequel je m'apprêtais à mordre.

— Je suis désolé, Mike. Mais il y a des sujets qu'on ne peut pas éviter, tu sais.

Des sujets comme les funérailles. Ce n'est pas de sa faute. Et je ne sais pas quoi répondre.

— Et toi, qu'en penses-tu, Dan?

Il hausse les épaules.

— Ces trucs-là, comme la plupart des choses, se ramènent toujours à une question de dollars et de cents. Si tu veux enterrer quelqu'un, il faut avoir un endroit pour le faire et ça coûte une fortune. Avec l'incinération, on te remet une petite urne. C'est plus simple et moins cher. Je ne sais pas quelle somme Billy a pu mettre de côté et s'il avait une assurance-vie, mais...

Nous discutons un moment, Dan posant des questions, Lew proposant des idées pour la veillée, et moi, tout heureux qu'ils soient avec moi pour m'aider à prendre des décisions. Nous finissons par arrêter un plan. Billy sera incinéré et il y aura une soirée arrosée à la bière pour ses amis.

— Et si tu veux, tu peux oublier que tu es mineur, Mike, ajoute Dan. Billy l'aurait probablement voulu ainsi, non?

Je n'en suis pas si sûr. Il arrivait à Billy de m'appeler le mouton blanc de la famille pour me taquiner. Mais parfois, je n'avais pas l'impression qu'il plaisantait. J'avais l'impression qu'il espérait que je le sois.

Le sujet des funérailles est réglé et j'en suis bien heureux. Dan et Lew m'emmènent ensuite chez eux. C'est exactement l'opposé de chez Riel. L'appartement est en désordre, les meubles sont dépareillés, les planchers, éraflés, et il y a plus de choses entassées sur le comptoir que dans les armoires de la cuisine. Mais c'est relativement propre et Dan et Lew s'arrangent pour me mettre à l'aise.

— Je vais me chercher une bière, annonce Lew à peine sommes-nous entrés.

À ma grande surprise, il ouvre une porte au fond de la cuisine et disparaît.

— Hé, il n'a pas vu le frigo?

Dan se met à rire.

— Le frigo à bière est en bas, explique-t-il. C'est là que nous travaillons la plupart du temps.

Il me fait visiter l'appartement.

— La chambre de Lew est à toi, dit-il. Si tu veux faire un somme. Tu as l'air crevé, *man*.

— Je ne veux pas priver Lew de son lit…

Dan grimace un sourire.

— Ne t'inquiète pas pour Lew. La moitié du temps, il s'endort devant la télé. Pas vrai, Lew?

Celui-ci est de retour, une bière à la main.

— Vas-y, Mike. Pas de problème. Mais ne touche pas à Marilyn, d'accord ?

— Marilyn ?

Je me tourne vers Dan. Il lève les yeux au ciel.

— Cinq cents dollars, s'exclame-t-il. Il a payé cinq cents dollars durement gagnés pour...

Il cherche ses mots.

— ... pour une statue de porcelaine.

— Un original, précise Lew. Viens, Mikey.

Il m'escorte dans le couloir et ouvre une porte. La première chose qui me saute aux yeux, c'est le désordre qui règne dans la pièce. La seconde, c'est... Marilyn : des affiches de Marilyn Monroe, des calendriers de Marilyn Monroe, des photos de Marilyn Monroe, des images en noir et blanc tirées des films de Marilyn Monroe. Et sur une étagère qui surplombe la commode encombrée de Lew, une statuette en porcelaine de Marilyn Monroe, rabattant sa jupe qui s'envole sous l'effet du courant d'air — comme sur la fameuse photo. Celle tirée de je ne sais plus quel vieux film.

— C'est une vraie pièce de collection, précise Lew. Elle vaut au moins dix fois le prix que j'ai payé.

Il la soulève avec précaution et me montre le dessous du socle.

— Elle est autographiée, ajoute-t-il, de sa propre main. Je l'ai achetée à une femme qui la détestait — elle m'a dit que c'était la chose à laquelle tenait le plus son bonhomme. Quand elle l'a quitté, elle l'a emportée avec elle.

Il la repose sur l'étagère en prenant soin de bien la replacer de manière à ce qu'elle soit de face.

Je ne sais pas si c'est l'effet du chagrin — bon sang, Billy est parti, vraiment parti — ou le manque de sommeil ou le fait que j'ai pour une fois l'estomac plein, mais dès que Dan et Lew quittent les lieux, je m'effondre sur le lit et ferme les yeux.

Quand je les rouvre, la fenêtre est noire, si on excepte la petite galette presque ronde qui luit comme de l'argent, suspendue dans un coin. La lune.

Je reste un moment allongé sur le lit, à moitié réveillé, en savourant le plaisir de me retrouver dans ma bonne vieille chambre, entouré de mes objets familiers dans ma propre maison... et je n'y pense pas plus longtemps parce que c'est mon cadre familier, comme le papier peint sur un mur, je suis dans mon élément et c'est là qu'est ma place. Et tout à coup, alerte générale! L'idée me traverse l'esprit comme un boulet de canon. «Ce n'est pas *ta* chambre, mon vieux, ce n'est pas *ta* maison. Tu es passé dans une autre réalité. La donne a complètement changé. Et tu dois vivre avec ça. »

Je me redresse comme mu par un ressort et cherche le commutateur de la lampe posée sur la petite table de chevet. Je consulte ma montre. Il est plus de vingt-deux heures trente. La tête entre les mains, j'essaie de refouler mes sanglots, en vain. Bon, et maintenant ? Qu'est-ce que je fais à présent ?

J'entends un bruit de voix étouffées dans l'appartement. Ce sont peut-être Dan et Lew. Ou encore la télé. Peut-être les deux. Dan n'est pas un amateur de télé, sauf pour les retransmissions de matchs sportifs — baseball, hockey ou basketball. Lew, en revanche, peut regarder n'importe quoi, depuis les émissions culinaires jusqu'aux téléromans. Son émission préférée ? *Les Simpson*.

Je me lève en prenant une profonde inspiration. D'abord me calmer. Puis garder mon sang-froid. Je ne peux pas sortir et aller rejoindre les gars en pleurant toutes les larmes de mon corps. Bon sang, quand ai-je pleuré comme ça pour la dernière fois ? Pleuré ? Non, plutôt braillé comme un veau. Quand était-ce ?

Je le sais parfaitement.

Je fais le tour de la petite pièce. C'est le même fouillis que dans le reste de l'appartement. La chaise calée dans un coin disparaît presque complètement sous une montagne de

vêtements. La commode est jonchée de maga-
zines, de CD, de bouteilles de bière vides, de
cassettes vidéo — tout ce que vous pouvez
imaginer, sauf les objets qu'on trouve normalement sur le dessus d'une commode. Il n'y a
pas une surface qui ne soit encombrée d'une
foule de choses. Même sur le dessus de la
colonne à CD plantée près de la porte : une
bombe de mousse pour les cheveux — allez
savoir ce qu'elle fait là — et une petite corbeille
emplie de menue monnaie. C'est bizarre. Toutes
ces Marilyn, cette accumulation de choses, ce
désordre, tout le temps...

Je repense soudain à la dame de l'Aide à
l'enfance. Je l'avais oubliée. Elle doit probablement se demander ce que je suis devenu. Riel
doit s'inquiéter lui aussi, mais ce n'est vraiment
pas mon souci.

Je me passe la langue sur les dents et
regrette soudain de ne pas avoir apporté ma
brosse à dents. Changer de vêtements ne serait
pas du luxe non plus, mais toutes mes affaires
sont restées dans la chambre d'ami de Riel.

J'ouvre la porte et je longe le couloir.
Comme de fait, Lew est vautré devant la télé.

— Où est Dan, Lew ?

— Sorti. Il va rentrer bientôt.

— Sais-tu s'il y a une brosse à dents de
rechange quelque part ?

Lew me regarde comme si j'avais perdu la raison.

— Ça ne t'embête pas que j'aille fouiller dans la maison ?

J'ai l'impression qu'il ne m'entend pas. Il garde les yeux rivés à l'écran. J'interprète son silence comme un accord.

Je commence par l'armoire à pharmacie dans la salle de bains. Des flacons d'aspirine et des savonnettes en quantité, de la soie dentaire, mais pas la moindre brosse à dents. Dans le couloir adjacent à la salle de bains, je tombe sur un rangement encastré dans le mur, des tiroirs surmontés d'armoires. Je commence par les armoires. Des couvertures et des draps, des taies d'oreillers et, tout en haut, des sacs de couchage roulés. J'ouvre le premier tiroir. Bon, je commence à brûler. Une trousse de premiers soins. Quelques flacons à moitié pleins de shampoing et de revitalisant. Un sac de rasoirs jetables. Deux bombes de mousse à raser qui, si j'en crois la mousse séchée qui en orne l'embout, ont déjà été utilisées ou sont vides. Un tube de dentifrice tout neuf et un flacon de rince-bouche, qui a l'air encore plus neuf. J'ouvre le second tiroir. Bingo ! Pas une mais deux brosses à dents neuves encore dans leur emballage. Ça ne m'étonne pas. Dan ne peut sûrement pas entretenir ce sourire de don Juan sans un peu d'hygiène dentaire. Je prends une des brosses en me disant qu'il ne faudra pas oublier de la remplacer dès que je le pourrai, bien que je ne pense pas que Dan me fasse une scène pour si peu. Je referme le tiroir quand j'aperçois des enveloppes empilées dans un coin. Elles portent la marque d'une entreprise qui développe des photos. J'en prends une et je l'ouvre.

Ce sont des clichés récents, des photos de voitures pour la plupart. Mais il y a quelques photos de groupe avec Dan, Lew et Billy qui sourient tous les trois devant l'objectif. Ils ont dû demander à quelqu'un de les photographier, peut-être à l'une des filles qui traînent toujours avec l'un ou l'autre. Il y a une photo de Billy posant devant une Jaguar rouge pomme ; il s'appuie contre la carrosserie comme s'il en était le propriétaire — ce qui n'est sûrement pas le cas — et il se trouve vraiment très *cool* avec son jean et son T-shirt noirs, ses bottes noires, ses lunettes noires accrochées à l'enco-lure de son T-shirt, ses cheveux si blonds qu'on dirait de l'argent qui brille sous l'éclat du soleil. Il a plutôt fière allure. Si j'étais une fille, je pourrais même le trouver mignon. Je mets la photo de côté et replace l'enveloppe sur la pile. Je vais demander à Dan si je peux la conserver ou si je peux en faire tirer un double.

Je sors une autre enveloppe, à la recherche d'autres photos de Billy. Depuis la mort de maman, ni lui ni moi n'avons pris de photos. Tout ce que j'ai, ce sont les photos d'identité de mes quatre années d'école. La seule fois où Billy s'est fait photographier, c'est lorsqu'il a dû renouveler son permis de conduire. J'aimerais garder un souvenir de lui plus récent, une image de lui qui ne remonte pas à des années.

Mais les photos de la seconde enveloppe datent d'une période plus ancienne. Billy porte les cheveux longs dans le cou et courts sur le front, cette stupide coupe à la Billy Ray Cyrus qu'il a arborée bien trop longtemps. Je me souviens du moment où il s'est fait raser ça. C'était la veille de l'enterrement de maman. Il est allé chez le barbier pour revenir la boule pratiquement à zéro. Je ne lui ai jamais demandé pourquoi il avait fait ça et il ne me l'a jamais expliqué. Je trouve des photos de Billy en compagnie de Kathy, la fille avec qui il sortait quand maman est morte. Il y a aussi des photos de lui en compagnie de Dan et de Lew, et des photos de Dan entre deux filles, les bras passés autour de leurs épaules. Je ne reconnais pas les filles, ce qui n'a rien de surprenant vu que j'avais dix ou onze ans à l'époque et que Billy n'habitait plus chez nous. En plus, maman n'aimait ni Dan ni Lew et ils ne traînaient jamais autour de la maison. Ce n'est qu'après sa mort que j'ai vraiment fait leur connaissance

et je n'ai jamais compris ce qu'elle leur repro-
chait. Je veux dire que comparés à Billy, ils
paraissaient bien plus fiables et Dan était bien
plus futé, aussi. Il y a également des photos de
Lew posant entre les deux mêmes filles, qui
ne semblent pas particulièrement enchantées
d'avoir ses pattes autour du cou. Des trois, Lew
a toujours été le moins séduisant, le moins
bien habillé, celui qui sentait toujours un peu
la sueur. La plupart du temps, Dan et Billy
devaient demander à leurs amies de trouver
une copine pour Lew. Ce qui me frappe dans
toutes les photos plus anciennes, c'est que Dan
a toujours l'air sérieux comme un pape. Pas de
sourire dévastateur. Pas de sourire prétentieux
de cent mégawatts. Il a dû se dégeler ces der-
nières années.

— Hé, Mikey !

Je sursaute violemment. Quelques photos
me glissent des mains.

— Qu'est-ce que tu fabriques ?

Je me retourne vers Dan et brandis la
brosse à dents que j'ai trouvée. Lew nous a
rejoints.

— Toutes mes affaires sont chez Riel, Dan.
Lew m'a dit que je pouvais fouiner dans la
maison pour trouver une brosse à dents.

Je me tourne vers Lew pour qu'il corro-
bore.

Dan hausse les épaules.

— Pas de problème, dit-il.

Il se penche pour ramasser les photos que j'ai laissées tomber.

— Tu as l'air bien sérieux sur ces photos, Dan, lui dis-je.

Lew se penche vers Dan et lui en prend deux des mains.

— Ouais, dit-il. Tes années bouche cousue. Tu te sentais comme un idiot avec toute cette quincaillerie sur les dents, pas vrai, Dan? Tu avais l'air d'un idiot, d'ailleurs.

— Quincaillerie?

Je regarde Lew sans comprendre.

— Tu sais bien, des broches. Tu aurais dû voir ses dents avant qu'il les fasse redresser. La plupart des politiciens sont moins tordus que les dents qu'avait Dan à l'époque. Mais il lui a fallu d'abord ramasser assez d'argent pour payer. Ses parents n'avaient pas les moyens. Si bien qu'il s'est retrouvé à l'âge de vingt et un ans avec tout ce métal dans la bouche. Tu n'as pas souri pendant combien de temps… deux ans, c'est ça?

Dan se met à rire.

— Ouais, et je me suis bien rattrapé depuis!

Il y a peut-être une fenêtre ouverte quelque part, mais je ne crois pas. Le froid qui me traverse doit avoir une autre origine.

Une bouche pleine de métal. Une bouche pleine de broches argentées. Il y a quatre ou cinq ans, quand maman était toujours en vie et que Billy faisait encore les quatre cents coups...

Je regarde Dan remettre les photos dans leur enveloppe et ranger le tout dans le tiroir, d'un air tranquille, avec des gestes posés et même un petit sourire, comme si tout allait bien, comme si rien de grave ne s'était passé, rien dans quoi il puisse avoir trempé.

— Je vais faire un brin de toilette et retourner me coucher, dis-je.

Mon imagination me joue peut-être des tours, mais j'ai l'impression que ma voix déraille dans les aigus et sonne faux. Dan ne semble pas le remarquer et Lew non plus.

— Il faut que je dorme. Je ne sais pas ce qui m'arrive, mais je suis vraiment crevé.

— C'est le stress, me dit Dan. Le stress peut avoir cet effet, Mikey.

J'entre dans la salle de bains et me lave tant bien que mal. Lorsque j'en ressors, le couloir est vide et j'entends des voix dans le salon. Je me faufile jusqu'à la chambre de Lew et m'assois sur le lit sans allumer la lampe. J'attends.

Je n'ai pas à attendre longtemps. Une heure tout au plus. J'entends un verrou tourner à l'autre bout du couloir. La porte d'entrée, je présume. Puis des pas dans le couloir et quelqu'un — Dan — qui tire la chasse d'eau. Lew doit déjà dormir sur le canapé. J'attends encore une demi-heure. Puis quinze minutes de plus, pour plus de sécurité. L'appartement est silencieux.

Je me relève, j'ouvre la porte de la chambre et je me glisse dans le couloir. Il y a un téléphone sans fil dans la cuisine. Je m'empare du combiné et retourne sur la pointe des pieds dans la chambre de Lew. J'ai l'intention d'appeler Riel et je me rends compte tout à coup — mais quel idiot, quel idiot je suis!— que je ne connais pas son numéro de téléphone. Les renseignements! Compose les renseignements!

Je m'apprête à faire le 411 quand la porte de la chambre s'ouvre. Dan me regarde, puis baisse les yeux sur le combiné dans ma main.

— Hé! Mike! Qu'est-ce que tu fabriques?

— Je veux seulement donner un coup de téléphone.

— Ah ouais? Et à qui?

— Une femme de l'Aide à l'enfance. Je devais la rencontrer aujourd'hui après l'école. Je ne voudrais pas vous causer de graves ennuis. Ils sont censés me prendre en charge et ils ne savent pas où je suis.

Dan réfléchit un moment.

— Et tu l'appelles à minuit? Tu ne penses pas que ça pourrait attendre demain matin?

Je hausse les épaules.

— Mieux vaut tard que jamais, tu sais.

— Allons donc, Mike! reprend Dan en souriant et en secouant la tête. Tu allais appeler ce policier, n'est-ce pas?

Je nie.

Dan ne sourit plus. Il me prend le combiné des mains.

— Tu n'es pas honnête avec moi, Mike.

— Que veux-tu dire?

— Tu vas aller répéter à ce policier ce que je t'ai dit à propos de Billy, pas vrai?

Je me détends un peu.

— Non, Dan. Je n'en ai pas l'intention.

— Si jamais tu fais ça, les policiers vont tout à coup se demander comment il se fait que je sois au courant et vouloir me tirer les vers du nez. Et je ne veux pas les voir venir fouiner dans mes affaires. Tu comprends ça, Mike?

— Bien sûr. Je ne veux pas te causer d'ennuis, pas plus que je n'ai voulu en causer à Billy. C'est pour ça que je dois appeler la dame de l'Aide à l'enfance. Ils doivent me chercher partout. Tu le sais.

Dan semble prêt à me croire. Je respire un peu mieux et je suis presque sûr que tout va bien finir, que je vais pouvoir partir.

— Il est tard, finit par dire Dan. Tu dors encore un peu et nous les appelons à la première heure demain, O.K.?

J'entends un bruit de pas traînants dans le couloir. Lew? De fait, son visage tout ensommeillé surgit derrière l'épaule de Dan.

— Qu'est-ce qui se passe? demande-il.

— La police doit probablement me chercher, dis-je.

Voilà qui le réveille sur-le-champ.

— Pas de panique, lui dit Dan. Ce n'est rien. Mike se fait du souci à propos de l'Aide à l'enfance.

— Je crois vraiment que je devrais appeler pour lui dire où je suis.

Mais Dan ne veut pas lâcher le téléphone.

— Et si je te donnais quelque chose pour te calmer et t'aider à dormir, Mike? Tu as vraiment besoin de repos. Lew, reste avec lui. Je reviens tout de suite.

Il parle d'un ton rassurant, avec un sourire chaleureux, comme s'il ne se préoccupait que de moi et de mon bien-être. Il se faufile à côté de Lew, qui occupe tout l'encadrement de la porte. Je l'entends remonter le couloir dans la direction opposée à la porte d'entrée. C'est le moment de tenter ma chance. La seule chose à faire est de sortir d'ici et de déguerpir. Mais comment me débarrasser de Lew?

Marilyn!

Je me retourne sec, j'empoigne la statuette posée sur l'étagère et je la brandis dans les airs.

— Hé, Lew, regarde !

Mais il a déjà plongé dans la chambre pour essayer de la rattraper avant qu'elle aille s'écraser par terre. Je fais le mouvement inverse et m'élance vers la porte. Et c'est en essayant d'éviter la collision avec Lew que je me retrouve à emboutir la colonne de CD, qui dégringole côté gauche. La bombe de mousse s'envole vers la droite, et toutes les pièces que contenait la petite corbeille dégringolent en pluie sur le plancher. Le bruit alerte Dan qui rapplique tout de suite, mais à ce moment précis, je ne pense plus à m'enfuir. Je regarde bouche bée les pièces de monnaie qui jonchent le sol. Une pièce plus précisément, celle qui brille comme un astre au milieu des petites pièces de cuivre terne. Je peux même imaginer son poids dans ma main, le contact du métal lisse et froid.

Lew, affalé par terre, étreint toujours sa précieuse Marilyn.

— Bon sang, Mikey ! Qu'est-ce qui t'a pris ?

Il entreprend de se relever tout en serrant la statuette contre lui. Et à la même seconde, il remarque ce que j'ai vu et que Dan contemple lui aussi, les traits figés en une expression dure, glaciale. Le sourire de star s'est évanoui.

— Je t'avais dit de t'en débarrasser, dit-il à Lew.

En l'entendant prononcer ces paroles devant moi, je mesure dans quel pétrin je me trouve et je prends aussi conscience que je suis probablement en danger depuis que Dan et Lew m'ont emmené avec eux cet après-midi. Ce n'était sûrement pas une rencontre fortuite, ils ne passaient pas dans le coin par hasard. Ils me cherchaient.

— Viens, Mike !

Dan m'agrippe brutalement le bras. Il me pince et j'essaie de me dégager.

— Ne m'oblige pas à te faire du mal, Mikey.

Peut-être est-ce le grondement dans sa voix, ou son regard éteint et froid ou encore la douleur de mon bras qu'il serre comme un étau, mais je cesse de me débattre. Je me dis qu'il vaut mieux rester alerte et guetter la première occasion, plutôt que de me retrouver tout de suite hors de combat.

Dan me traîne le long du couloir, puis à travers le salon et la cuisine jusqu'à la porte arrière qui donne sur les escaliers. Lew nous colle aux talons. Ensuite, ils me font descendre l'étroit escalier qui conduit au garage, coincé entre eux deux.

Dan allume la lumière. Il y a deux voitures dans le garage. L'une d'elles est camouflée sous des couches de papier. Il me faut un moment pour comprendre qu'elle est prête à recevoir une couche de peinture maison. Je regarde autour de moi. Il y a de la peinture et du matériel de peinture partout, ainsi que deux chariots à outils sur roulettes et d'autres outils accrochés aux murs ou posés sur des étagères tout autour du garage. Au fond, une grande porte double. À droite, une porte plus petite. Verrouillée.

Cadenassée.

Tout comme la grande porte de garage.

— Dommage que tu aies décidé de fuguer pour échapper à l'Aide à l'enfance, me dit Dan. J'ai entendu dire que ça arrivait souvent. Les jeunes qui s'enfuient. Qui sait où ils aboutissent ? Ils disparaissent sans laisser de traces.

Encore ce frisson qui me traverse. Mais cette fois, je sais qu'il n'y a ni courant d'air ni fenêtre ouverte. Il n'y a pas de fenêtres ici. Il n'y a que moi, Dan et Lew.

CHAPITRE QUINZE

S'il y a une leçon que j'ai apprise, c'est bien celle-là : ne vous plaignez jamais des mille petites choses assommantes qui composent les neuf dixièmes de la vie quotidienne, et ce, uniquement les bons jours. Le prof de maths vous colle une interrogation écrite ? Votre meilleur ami se conduit comme un salaud ? Les pâtés au poulet sont au menu de la cafétéria pendant douze jours d'affilée ? Vos parents vous font la vie dure à cause de vos notes pas terribles ? Vous avez encore égaré un livre de la bibliothèque et devez dire adieu à votre argent de poche hebdomadaire ? Vous arrivez une fois de plus en retard à votre travail après l'école et votre patron va vous servir une engueulade ? Bon sang que c'est assommant, assommant, et vous feriez n'importe quoi pour échapper à tout ça, pas vrai ?

Et du jour au lendemain, votre univers bascule.

Le paysage change radicalement.

Quand ma mère est morte, j'ai dû réajuster ma vision des choses sur à peu près tout — le genre d'endroit où j'allais vivre, ce qui allait apparaître (ou ne pas apparaître) sur la table à l'heure des repas, ce qu'on attendait de moi et qui attendait quelque chose de moi.

À présent, c'est Billy qui est parti et je dois encore m'adapter. Mais cette fois, je suis seul au monde. Il n'y a personne — absolument personne — dont le rôle consiste à veiller à ce que je reste bien en vie et, accessoirement, à ce que je sois nourri, vêtu et instruit. Du jour au lendemain, je dois me débrouiller tout seul.

Et pour couronner le tout…

Je suis dans le garage de Dan, je lis ce qu'il y a dans son regard et je me dis : *voilà la fin*. Le moment qu'on n'aurait jamais imaginé. Et à présent qu'il est arrivé, on ne peut pas y croire. Cela ne semble pas le moindrement réel. Mais on sait pourtant que c'est vrai, parce qu'on est là, on l'entend et on le sent, et la scène se joue en plein devant nos yeux. Oh, et on a un rôle dans le film. On est celui dont le nom apparaîtra au générique, à la toute fin. Un simple rôle de figurant dans l'intrigue policière. Celui qui a disparu. Le mort. Le cadavre.

— De quoi parles-tu, Dan ? Je n'ai pas l'intention de fuguer !

J'espère, je prie, je suis prêt à donner tout ce que j'ai pour qu'il n'ait pas voulu dire ce que je pense l'avoir entendu dire.

— Mais si, Mike. Tu es un fugueur.

Je jette un coup d'œil vers Lew, qui se tient à deux mètres derrière moi, un démonte-pneu entre les mains.

— Voyons, Dan! Tu sais bien que je ne dirai pas un mot!

— Ah ouais? Et pas un mot de quoi, Mike?

Sans son sourire, Dan devient subitement quelqu'un d'autre. Quand il prend cet air dur, quand il vous vrille du regard, on peut facilement l'imaginer s'introduire dans le restaurant de M. Jhun, vider le contenu de la caisse et battre le pauvre homme à mort. Je parie qu'il ne souriait pas cette nuit-là. Mais par contre, il souriait le soir où ma mère est morte. Mme Jhun a vu sa bouche briller. Elle étincelait comme le soleil, m'a-t-elle dit. Il a donc dû sourire à maman. Et ensuite?

Il a cambriolé le restaurant. Lew était avec lui. La pièce d'or qu'il a en sa possession le prouve. Et Dan a aussi parlé à ma mère le soir où elle est morte. Je n'ai aucun doute là-dessus. Mais qu'a-t-il fait d'autre? Et pourquoi?

— Je n'ai pas l'intention d'ouvrir la bouche, dis-je. J'ai assez de problèmes comme ça.

Bon sang, c'est le cas de le dire!

— Billy t'a raconté, n'est-ce pas? demande Dan.

— Billy ne m'a rien dit du tout.

Le sourire de cent mégawatts réapparaît comme par enchantement.

— C'est plutôt drôle, en un sens, déclare-t-il. Je veux dire, si on regarde les choses sous un certain angle, on pourrait même dire que c'est ironique.

Il doit avoir une conception de l'ironie bien différente de la définition que j'ai apprise à l'école.

— Si nous étions au courant, Mike, c'est uniquement parce que *tu* l'as dit à Billy.

— Moi? Qu'est-ce que j'ai dit?

— C'est toi qui lui as parlé des clés.

Il parle des clés du restaurant de M. Jhun. Mais comment?…

— Je ne savais strictement rien de ces clés, lui dis-je.

C'est Riel qui m'en a parlé pour la première fois.

— Comment aurais-je pu dire à Billy quelque chose que j'ignorais?

Dan hausse les épaules.

— C'est Billy qui nous en a parlé et il a dit que c'est par toi qu'il savait que Nancy avait les clés. Penses-tu qu'elle-même lui aurait confié une chose pareille?

— Sûrement pas. Et je n'ai jamais…

Je n'ai jamais dit: «Billy, maman a le double des clés du restaurant de Monsieur Jhun.» Mais il y a autre chose. Une série de scènes qui me reviennent en mémoire, comme une bande-annonce de film.

Scène 1: Maman et Billy dans la cuisine. Maman s'inquiète à haute voix parce que M. Jhun garde une grosse somme d'argent dans son établissement.

Billy: De quel montant d'argent parles-tu?

Coupez.

Scène suivante: le lendemain, ou le surlendemain, ou une semaine ou deux plus tard. Billy me garde pendant que maman suit son cours au collège communautaire.

Billy: Hé, Mikey, qu'est-ce que tu penses de ce restaurant, tu sais, le restaurant chinois?

Mike: La cuisine est bonne!

Billy: Et qu'est-ce que Nancy va faire là-bas?

Mike: Bavarder avec Mme Jhun. Avec M. Jhun aussi. Et s'occuper de leur paperasse.

Billy: Ah ouais? Elle fait ça là-bas?

Mike: Non. Elle apporte le travail ici.

Billy: Comment se fait-il que je ne l'ai jamais vue faire, alors?

Mike: C'est parce que tu n'es pas ici tout le temps, Billy. Et tu connais maman, elle range toujours ses affaires quand elle a terminé.

C'est tout ce que je lui ai dit. Je n'ai jamais rien dit d'autre. Je ne lui ai jamais parlé de clés. Je ne savais même pas qu'elle les avait. Mais je connais Billy. Il a dû aller fouiner un peu partout. Qui sait ce qu'il avait en tête? Il s'attendait peut-être à trouver de l'argent. Ou il cherchait d'autres renseignements. *De quel montant d'argent parles-tu?* Il a dû trouver la boîte de maman. Et dans la boîte, les clés.

— Le problème avec Billy, vois-tu, c'est qu'il n'avait rien dans le ventre, reprend Dan. Piquer des clés pour aller en faire faire des doubles? Aucun problème. Nous refiler les clés, à Lew et à moi? Pas de problème non plus. Mais se salir les mains avec nous? Pas question. Jamais, au grand jamais, mais je parie qu'il ne te l'a pas dit, hein? Il nous a donné les clés et il s'est caché chez Nancy pour se forger un alibi en béton au cas où les choses auraient mal tourné. Nancy se serait portée garante pour lui. Toi aussi, tu aurais pu témoigner en sa faveur.

Le fait que Dan me raconte tout ça n'augure rien de bon. Cela ne peut signifier que deux choses. D'abord, qu'il pense que j'étais déjà au courant. Et ensuite…

— Et après, Billy a réclamé ce qu'il a appelé sa juste part. « Un tiers, un tiers, un tiers, a-t-il dit. J'ai mérité ma part. » Comme si on avait droit à une juste part quand on reste bien au chaud dans son lit en laissant les autres prendre tous les risques!

— Hé, Dan, je ne dirai jamais…

— Tout devait se passer comme sur des roulettes, m'interrompt Dan. On attend que le vieux aille se coucher. On entre, on met la main sur la caisse, on s'éclipse. Simple comme bonjour. Mais ce qui n'était pas prévu, c'est que le vieux descende et nous surprenne, et qu'il empoigne la batte de baseball qu'il planquait derrière la caisse. Il faut le faire! Le type n'est même pas d'ici, et le voilà qui brandit sa batte de baseball comme s'il avait joué dans les ligues mineures toute sa jeunesse! Et il fait des moulinets au-dessus de ma tête comme si c'était la balle et qu'il se prenait pour Barry Bonds[1]. Qu'est-ce que j'étais censé faire?

Mais pourquoi me raconte-t-il tout ça?

— Et pendant ce temps-là, le bon vieux Billy est à la maison. Monsieur Alibi! Et il réclame sa part? Nous l'avons payé pour le renseignement, c'est tout. Pas vrai, Lew?

Lew. Il y a deux semaines, si vous lui aviez demandé, il se serait présenté comme mon oncle d'adoption. Et à présent, il est armé d'un démonte-pneu dont il frappe l'extrémité dans la paume de sa main. Mais je dois lui accorder ça, le rôle n'a pas l'air de lui plaire.

— Nous lui avons donné deux cents dollars, poursuit Dan. Et qu'est-ce qu'il en a fait?

---

1. Joueur de baseball vedette aux États-Unis.

La console Nintendo et tous les jeux. Que maman l'a obligé à remporter.

— Des jouets! crache Dan. Il a dépensé l'argent pour t'acheter des jouets que Nancy n'aura jamais voulu que tu gardes. Et quand elle l'a obligé à les reprendre, sais-tu ce qu'il en a fait? Il a tout balancé à la poubelle.

— Je m'en fiche, dis-je à Dan.

C'est un mensonge. Probablement le plus gros mensonge que j'ai jamais proféré de ma vie.

Dan me dévisage. Évanoui le sourire de cent mégawatts. Disparu l'oncle débonnaire. Le regard est impitoyable.

— Tu t'en fiches? Alors, si tu t'en fiches autant, comment se fait-il que tu aies remué toutes ces vieilles histoires? Que tu sois allé chercher ce policier?

Je m'apprête à lui répondre qu'il n'est plus dans la police, mais je me ravise. Je ne crois pas que ça change quoi que ce soit aux yeux de Dan.

— Qu'est-ce que tu veux que je fasse, Dan? Billy est mort. Je n'ai plus personne, maintenant. Ça m'est égal, toute cette histoire.

Je tourne la tête vers Lew. Peut-être voit-il les choses autrement.

— Écoute, Dan, commence-t-il doucement.

Mais Dan ne me lâche pas des yeux.

— Tu es un bon petit gars, Mike, répète-t-il.

Chaque fois qu'il dit ça, ma situation empire.

— Le problème, c'est que je ne te connais pas, reprend Dan. Pas vraiment. Tu es seulement le neveu de Billy, et Billy a tout fichu en l'air. Il a ouvert la bouche quand il aurait dû se taire. Si tu veux blâmer quelqu'un pour ce qui t'arrive, c'est à Billy qu'il faut t'en prendre.

— C'est juste un enfant, reprend Lew, toujours armé de son démonte-pneu, mais qui semble moins menaçant, moins menaçant que Dan tout au moins.

— Un enfant qui peut nous valoir toute une peine de prison! Qu'est-ce qui te prend, Lew? Tu as entendu Billy pleurer comme un veau à propos de cette maudite auto… Tu crois qu'il n'en a pas parlé à Mike?

— Il ne m'a rien dit du tout, dis-je, sauf qu'il avait vu cette auto.

— Mais tu as deviné le reste, pas vrai, Mike? C'est pour ça que tu as attendu que je m'endorme pour aller téléphoner. Tu appelais ce policier, n'est-ce pas?

— Non, Dan…

— Et la pièce d'or, Mike?

Il secoue la tête.

— Écoute, fait-il, je suis désolé que les choses aient mal tourné. Il y a des pépins qui arrivent.

— Des pépins comme ma mère, tu veux dire ?

Quand quelqu'un a commis un acte horrible, qu'il vous retient captif et se met à vous raconter de quelle façon il va se débarrasser de vous en vous donnant certains détails, vous savez qu'il ne vous reste plus qu'à réciter vos prières. Je me dis que je n'ai plus rien à perdre à présent. Et s'il y a une chose que je dois savoir, que je *veux* savoir, c'est ce qui est arrivé à maman, et pourquoi c'est arrivé.

Dan ne répond pas à ma question.

— Va chercher de la corde, ordonne-t-il à Lew.

Je regarde Lew dans les yeux. Lew qui voue un culte à Marilyn et à Bart Simpson. Ce débile de Lew. Lew armé de son démonte-pneu, dont il frappe l'extrémité dans la paume de sa main.

— Désolé, Mike.

C'est tout ce qu'il trouve à me dire.

On voit ça dans les films. Le héros se retrouve en sale posture, aux mains des méchants. Ceux-ci décident de lui régler son compte, ce qui ne présage jamais rien de bon pour le héros. Vous avez peur pour lui, mais vous savez qu'il finira par s'en sortir — il est plus futé que les méchants, ou il est plus fort, ou il a une carte cachée dans sa manche. Il a glissé un couteau dans sa botte une ou deux scènes plus tôt et les méchants l'ignorent. Ou il est capable de se disloquer l'épaule à volonté — il en a fait la démonstration dans la première scène du film — et il peut donc se débarrasser de ses chaînes ou de ses liens, quels qu'ils soient. Vous savez qu'il va s'en sortir. C'est du cinéma.

Mais dans la vraie vie, c'est tout autre chose. Vous faites face à ces gars, ces méchants, mais la différence, c'est que vous les connaissez depuis toujours, ce sont des gars en qui vous aviez confiance. Vous les regardez et vous vous dites qu'ils ne plaisantent pas. Et ils ne plaisantent pas parce qu'ils ont peur. Vous pouvez leur causer de graves ennuis. Vous pouvez ruiner leur vie. Si jamais vous confiez à quelqu'un ce que vous savez, ils doivent s'attendre à de lourdes peines de prison, comme Dan l'a souligné tout à l'heure. Vous le savez, et ils le savent, et la seule chose qui leur vient à l'esprit pour empêcher qu'une telle chose se produise, c'est de vous faire taire définitivement. Vous les regardez, avec leur démonte-pneu et leur rouleau de corde, et vous jetez un nouveau coup d'œil aux portes cadenassées — il n'y a pas d'issue possible. Vous êtes fait comme la dinde du repas d'Action de grâces. Il n'en restera que des os.

Je regarde Dan.

— Comment l'a-t-elle appris?

Si je dois finir comme ça, autant savoir avant ce qui est arrivé à ma mère. J'en ai le droit. Je le saurai, au moins, avant de disparaître.

— Quoi? demande Dan, confus.

— Ma mère. Vous l'avez tuée parce qu'elle savait, pas vrai?

— Couche-toi, Mike, ordonne-t-il. Face contre terre.

J'obtempère et je répète ma question.

— Les bras derrière le dos. Lew, grouille-toi avec la corde.

J'entends le bruit mat du rouleau qui tombe sur le sol.

— C'était de ma faute, avoue Lew.

Je relève la tête dans sa direction, mais il doit se tenir derrière Dan parce que je ne parviens pas à le voir.

— C'était stupide, ajoute Lew.

Il se tait. Le silence me rend pratiquement fou.

— Bon sang, Lew! Tu as dû venir chez moi un million de fois! Tu te comportais comme si tu étais une personne qui comptait dans ma vie. Tu peux au moins me dire ce qui s'est passé! Tu me dois bien ça, non?

Dan me tire les bras dans le dos et je sens la corde râpeuse me serrer les poignets.

— Nous étions dans le coin, ce soir-là, raconte Lew. Pour affaires, tu vois? Ta mère s'est arrêtée devant cette cabine téléphonique et elle fouillait dans son sac quand elle nous a vus.

Il se rapproche de moi. Ses pieds entrent dans mon champ de vision et je me tords le cou pour apercevoir son visage.

— Elle m'a demandé si j'avais la monnaie de cinq dollars. Elle était en retard et elle voulait appeler chez toi pour te prévenir qu'elle arrivait.

— Tu n'es pas obligé, Lew, dit Dan.

Je ne suis pas sûr de comprendre ce qu'il veut dire.

— Je n'ai pas réfléchi. Je ne sais pas, poursuit Lew. J'ai fouillé dans ma poche et j'ai sorti une poignée de monnaie.

Il s'interrompt et lance un coup d'œil à Dan.

— Le vieux avait cette pièce, poursuit-il.

La pièce porte-bonheur de M. Jhun. Celle qui a été volée la nuit où il a été assassiné. Celle que je viens de voir dans la chambre de Lew.

— Dan me l'avait répété au moins cent fois. «Débarrasse-toi de ça!» Mais elle était en or pur, tu sais? T'es-tu jamais promené avec une vraie pièce d'or dans la poche?

Je ne réponds pas.

— Nancy a vu la pièce. Elle a fait semblant de ne pas l'avoir vue. Elle a dit qu'elle avait changé d'avis et qu'elle allait rentrer aussitôt sans t'appeler. Elle s'inquiétait pour toi. Mike, nous n'avions pas le choix.

Nous n'avions pas le choix !

Dan se relève et lance un trousseau de clés à Lew.

— Va déverrouiller la porte !

Les pieds de Lew s'attardent un instant dans mon champ de vision, puis disparaissent. Dan m'attrape par les cheveux et me tire la tête en arrière. Quand j'ouvre la bouche pour hurler, il y plante un chiffon roulé en boule. Je manque de m'étouffer.

— O.K., Mike. Debout !

Il empoigne la corde qui me lie les poignets dans le dos et tire dessus. Il va me désarticuler les épaules. Je réussis tant bien que mal à me mettre sur mes pieds.

Je regarde Lew déverrouiller le cadenas de la porte du garage. Je sais qu'il agit à vitesse normale — il introduit la clé, la tourne, tire sur la tige pour ouvrir le cadenas, décroche le cadenas des deux œillets de métal, le raccroche à l'un des œillets et relance les clés à Dan, qui les attrape au vol de sa main libre. Mais j'ai l'impression que tout se passe au ralenti, vraiment au ralenti. Chaque étape semble durer plusieurs minutes et non quelques secondes. Et pendant que je suis toute l'opération, je réfléchis. Ce n'est pas vrai. Une chose pareille ne peut pas m'arriver. Ces gars ne vont pas faire ce que je pense qu'ils vont faire! Ils ne peuvent pas avoir fait ce qu'ils viennent de me raconter. Si je tiens debout, c'est uniquement parce que Dan me retient fermement. J'ai les jambes en coton. Si Dan me lâchait, je vais m'effondrerait par terre.

J'ignore si c'est moi qui l'ai entendu le premier ou si c'est Dan, mais il resserre son emprise et fait *chut* à Lew. Il me projette contre le mur et éteint les lumières. Dans l'obscurité, j'entends un bruit de pas. Ils semblent se rapprocher. Et je comprends: il y a quelqu'un qui frappe à la porte du garage.

— Mike? Es-tu là?

CHAPITRE SEIZE

— Mike ?

C'est Riel. Il n'est qu'à quelques mètres de moi, mais je ne peux ni crier ni l'appeler.

— La porte, siffle Dan à Lew. Va la verrouiller !

J'entends Lew se débattre pour trouver le cadenas dans l'obscurité. Dan étouffe un juron dans mon oreille. Il me repousse vers l'établi et se met à chercher quelque chose, ouvrant et refermant des tiroirs.

— Je ne le trouve pas, fait Lew d'une voix blanche, en proie à la panique.

J'entends un clic. Puis un bruit de roulement, un raclement et la porte du garage commence lentement à remonter. Un rai de lumière argentée — les lueurs de la lune et des lampes extérieures — apparaît d'abord au niveau du sol pour s'élargir de plus en plus. Lew recule pour rejoindre Dan, en cherchant désespérément l'endroit où il a posé son démonte-pneu.

Je vois apparaître une paire de bottes, des jambes, puis un torse et enfin Riel au complet, tout seul, dans le cadre de la grande porte double. Il inspecte l'intérieur du garage.

— Mike ? Tu vas bien ?

Je hoche la tête, même s'il faudrait avoir l'esprit dérangé pour trouver ma situation confortable. Je suis ligoté. Quelque chose de dur me fouille le dos. Les doigts de Dan me scient le bras.

— Et si vous sortiez d'ici, les garçons ? fait Riel, sur le ton d'une mère qui demande à ses enfants d'aller jouer dehors.

Lew se rapproche de Dan et lui lance un coup d'œil inquiet.

— Tu es bien Dan, n'est-ce pas ? poursuit Riel, toujours sur un ton amical, pour ne pas empirer les choses, j'imagine.

Il fait un pas à l'intérieur du garage.

— Ne bouge plus ! ordonne Dan.

Il lève le bras qu'il gardait dans mon dos et le brandit pour bien montrer à Riel ce qu'il tient dans sa main. Un pistolet.

Riel s'arrête net et lève lentement les bras pour que Dan puisse constater qu'il n'a pas d'arme. Mais il ne recule pas d'un pouce.

— Pourquoi ne libérez-vous pas ce garçon ? Vous ne trouvez pas que les choses sont déjà assez graves ?

Dan abaisse son pistolet et le pointe vers le bas, à présent, visant directement ma poitrine.

— Les policiers ont eu une longue conversation avec un dénommé Arthur Sullivan aujourd'hui, reprend Riel.

Je me demande, dans un petit coin de mon cerveau, qui peut bien être cet Arthur Sullivan. Mais presque toute mon attention est mobilisée sur le pistolet. D'où je suis, j'ai l'impression de faire face à la gueule d'un canon.

— Il leur a tout raconté, poursuit Riel. Il leur a dit qu'il voulait simplement s'offrir une auto neuve avec un petit coup de main de la compagnie d'assurances. Il n'avait pas prévu que son véhicule allait servir à tuer quelqu'un.

Ça y est, j'y suis! Arthur Sullivan doit être le propriétaire de l'auto qui a tué maman. L'auto qu'il avait déclarée volée. L'auto que Billy a démontée.

— Il leur a indiqué qui avait arrangé toute la combine, ajoute Riel. Il a donné une description si fidèle de toi, Dan, que même un aveugle te reconnaîtrait.

Dan jette un coup d'œil à Lew.

— Va démarrer la voiture, lui ordonne-t-il.

Lew fait un pas vers l'auto.

J'entends Riel pousser un soupir sur le seuil du garage.

— Crois-tu vraiment que ce soit une bonne idée? demande-t-il.

Lew reste figé sur place.

— Boucle-la! lance Dan d'un ton furieux qui me rend nerveux parce qu'il braque toujours son arme sur moi. J'ai le garçon. J'ai l'arme. C'est moi qui décide.

Il tourne encore la tête vers Lew.

— Va démarrer l'auto!

— Et jusqu'où penses-tu pouvoir te rendre? fait Riel.

Je ne comprends pas trop ce qu'il mijote. Il est là, tout seul, planté dans l'encadrement de la porte. S'il a une arme, je ne la vois pas. Mais il reste là, tranquille, comme s'il avait tous les atouts dans son jeu.

— Je sais que tu as le petit. Les policiers savent que tu étais en possession de l'auto qui a tué Nancy McGill. Il ne faudra pas un gros effort pour relier au moins l'un de vous deux au meurtre du restaurant. Je présume que tu sais qu'ils ont trouvé sur la scène du crime du sang qui n'appartenait pas à la victime. Lequel de vous deux a été blessé dans l'histoire?

La panique agrandit les yeux de Lew.

— Bon sang! grogne-t-il. Qu'est-ce qu'on fait?

— Libérez le garçon! intime Riel.

— Et qui va m'y obliger? crie Dan. Toi?

Il tourne à présent son arme vers Riel.

Même à contre-jour, j'aperçois l'ombre d'un sourire sur les lèvres de Riel.

— Quoi? Tu vas me tuer, moi aussi?

Il fait un pas en avant et abaisse un de ses bras qu'il ramène derrière son dos. Je sens la main de Dan resserrer son emprise. L'arme qu'il brandit reste pointée sur Riel. Je me débats. Je vois la main de Riel remonter. Alors, un rayon de lumière nous aveugle, Dan et moi. Puis un coup de feu. Une détonation si forte que j'en deviens presque sourd. Le rayon de lumière s'évanouit quand Riel laisse tomber la lampe torche qu'il avait à la main. Il s'effondre. Je donne un violent coup de pied à Dan et il relâche sa prise.

— À plat ventre! hurle une voix.

Une seconde plus tard, le garage est violemment illuminé et grouille de policiers. Lew reste figé sur place, les yeux écarquillés, les mains au-dessus de la tête.

— Ne tirez pas, ne tirez pas, bégaie-t-il.

Les policiers ordonnent à Dan de s'allonger par terre, jambes et bras écartés. Deux d'entre eux braquent leur arme sur lui tandis qu'un troisième lui passe les menottes. Un autre — l'inspecteur Jones — m'aide à me relever. Il me débarrasse du bâillon et me fait pivoter pour pouvoir me délier les mains.

— Ça va? me demande-t-il.

J'essaie d'allonger le cou pour savoir ce qu'il est advenu de Riel. Quand je peux enfin voir l'endroit où il se tenait, il n'y a plus personne.

J'ai l'impression d'être soudain enfermé dans un congélateur. Un grand froid m'envahit. Des taches dansent devant mes yeux. Je tourne sur moi-même, scrutant tous les visages.

Et puis je l'aperçois.

Il est debout, sur ses deux pieds. Un autre policier est à ses côtés. C'est le partenaire de l'inspecteur Jones, Landon. Il aide Riel à se débarrasser de quelque chose. Il me faut un moment pour deviner ce que c'est. Un gilet pare-balles. Riel le tend à l'inspecteur et vient me rejoindre.

— Tu vas bien, Mike ?

Je hoche la tête. J'ai la gorge si serrée que je respire avec effort. J'ai l'impression que je vais fondre en larmes à tout moment.

— J'ai cru que vous…

— C'est fini, Mike, dit-il en m'entourant les épaules de son bras. Tout est terminé.

Il se trouve que Billy a au moins fait une chose de bien — il m'a raconté avoir vu la voiture. C'est ce petit élément qui a conduit les policiers à interroger le propriétaire de la seule voiture qu'ils avaient pu retrouver, celle qui avait été déclarée volée. Sullivan a commencé par jouer les citoyens modèles, me raconte Riel. On lui a volé son auto, il est allé déclarer le vol, il n'a rien à se reprocher. Les policiers lui ont alors parlé du délit de fuite et lui ont expliqué comment ils avaient pu identifier son auto. Ils lui ont dit qu'il risquait d'avoir de graves ennuis parce que son véhicule avait servi à commettre un homicide. Sullivan a craqué et s'est mis à table. Il leur a raconté tout ce qu'il savait, ce qui leur a suffi pour identifier Dan.

J'ai une question à poser à Riel.

— Ouais, mais comment avez-vous su où j'étais?

Nous sommes au commissariat central. Riel sirote un café et moi, un chocolat chaud.

— Un des agents en tenue t'a vu passer devant ta maison cet après-midi. Il t'a vu monter dans une voiture. Ton ami Vin nous a parlé des amis de Billy et nous a indiqué le nom de famille de Dan. J'ai décidé de prendre le risque. Tu ne pouvais pas être ailleurs.

Nous restons un long moment au commissariat. Je raconte aux inspecteurs ce qui est arrivé et ce que Dan et Lew m'ont dit. Riel reste à mes côtés pendant toute l'entrevue. Je viens de terminer mon histoire quand l'inspecteur Jones lance un regard à Riel. Pas besoin d'être un génie pour saisir qu'il reste des choses qu'ils ne m'ont pas encore révélées.

— Qu'est-ce qu'il y a?

— C'est au sujet de ton oncle, Mike, répond l'inspecteur Jones.

Il jette à nouveau un coup d'œil à Riel, qui se tourne vers moi.

— Billy ne s'est pas suicidé, me dit-il.

— Je le savais.

Riel fronce les sourcils.

Dan avait dit : « Qu'est-ce qui peut pousser un gars à faire une chose pareille ? » Il m'avait fallu un bon moment pour l'enregistrer. Je suppose que je ne voulais pas y croire. Dan et Lew étaient les amis de Billy. Ils avaient toujours été copains, d'aussi loin que je me rappelle.

— Dan savait... de quelle façon Billy est mort, dis-je. Je ne lui ai jamais dit et ce n'était pas dans les journaux non plus. Ce qui m'échappe, c'est pourquoi ils l'ont tué.

— Ils ont pensé que si Billy s'était confié à toi, il pouvait tout aussi bien décider d'aller parler à la police. Je suis désolé, Mike.

Je voudrais rentrer chez moi. Je voudrais avoir encore un chez-moi.

CHAPITRE DIX-SEPT

Comme ses meilleurs amis sont sous les verrous en attendant leur procès pour meurtre, Billy n'a pas les funérailles que j'avais prévues pour lui. Quelques employés du garage où il travaillait sont présents, ainsi que deux ex-copines à lui, dont Kathy, celle qui m'avait gardé la nuit où maman est morte. C'est elle qui pleure le plus. Vin assiste aux obsèques en compagnie de ses parents, qui viennent tous les deux me voir après la cérémonie pour me dire que je serai toujours le bienvenu chez eux. Toujours. Sal est là lui aussi, avec son père. Celui-ci me serre la main sans prononcer un mot. Tout comme Jen, à ma grande surprise. Elle reste à l'écart jusqu'à ce que tout le monde soit parti, puis s'approche de moi. Elle a les paupières rouges.

— Je suis tellement désolée, me dit-elle.

Elle m'embrasse sur la joue et reste à mes côtés pendant un moment, comme si elle avait autre chose à me dire. Mais ce n'est pas le cas, car elle finit par tourner les talons et disparaître.

M. Scorza est venu lui aussi. Je l'ai aperçu au fond de la salle et j'espérais qu'il allait s'en aller sitôt la cérémonie terminée pour ne pas avoir à lui parler. J'ai encore honte de ce qui s'est passé. Mais il n'est pas parti. Au contraire, il est venu droit vers moi pour me serrer la main et me dire combien il était triste de ce qui était arrivé à Billy. Je l'ai remercié. Il ne m'a pas proposé de me réengager. Je ne m'y attendais pas vraiment, mais je l'espérais quand même un peu.

Un mois après les funérailles de Billy, je me rends au Service d'aide à l'enfance. Dans une pièce sans fenêtres, je discute avec Margaret Phillips pendant plus d'une heure. Elle veut surtout vérifier si je suis bien sûr de mon choix.

— J'en suis sûr.

— L'ajustement sera peut-être difficile, Mike.

Comme si je ne le savais pas ! Mais quelle autre option me reste-t-il ?

— J'en suis sûr.

— On va commencer par un essai. Et quelqu'un de chez nous va te suivre. Si jamais il y a un problème ou bien si tu changes d'avis, tu peux toujours nous en parler. Cela n'a rien de définitif, tu le sais.

Je le sais.

Riel m'attend dans le couloir quand je sors du bureau.

— Que t'a-t-elle dit?

— Elle n'a pas arrêté de me demander si j'étais bien sûr de ma décision.

Il sourit.

— Ils m'ont posé la même question. Ils n'ont pas cessé de me dire à quel point c'est difficile d'être un parent adoptif.

— Et?

— J'ai répondu que j'étais sûr de ma décision. Je leur ai dit qu'un adolescent qui aime la compagnie des vieilles dames est nécessairement quelqu'un de bien.

— Hein?

— C'est ça qui m'a fait comprendre que tu étais un bon gars, Mike. Quand j'ai parlé avec les voisins de Madame Jhun. Quand j'ai appris que tu venais souvent lui rendre visite et lui donner un coup de main.

Il sourit.

— Mais il reste que tu dois comparaître au tribunal pour ton autre affaire.

— Je sais.

Ça me tracasse bien moins qu'avant à présent.

— Et vous?

— Quoi, moi ? demande-t-il, surpris.

— Allez-vous continuer à enseigner ?

Je repense tout le temps à ce *nous* qu'il employait, comme s'il était encore dans la police.

— Il n'y a que six semaines que l'année scolaire a commencé, répond-il.

Il pousse un soupir.

— Je n'ai pas encore pris de décision, ajoute-t-il.

Je rentre chez moi dans une maison qui n'est pas la mienne, une maison qui donne l'impression d'être inhabitée, même si Riel y vit depuis deux ans. Je m'installe dans la chambre du fond, tandis que Riel s'active dans la cuisine. Puis il monte à l'étage pour se changer. Quand la sonnette retentit, il me demande de là-haut d'aller ouvrir. La docteure Susan Thomas est à la porte, une bouteille de vin dans une main et un bouquet de fleurs dans l'autre.

— Salut, Mike !

Quand Riel redescend, il a l'air plus frais. Il sent la lotion après-rasage. Il débarrasse son invitée de la bouteille, me demande de trouver un vase pour les fleurs et escorte la docteure Thomas jusqu'à la cuisine.

Le souper est excellent. Je débarrasse la table. Tous les deux s'y attardent à siroter leur vin en s'échangeant des sourires.

— Ça va si je vais faire un tour chez Vin?

Riel réfléchit un moment.

— O.K. Mais tu rentres à minuit, d'accord?
La permission de minuit!

— D'accord.

TABLE DES MATIÈRES

Les titres de la collection Atout

* Lecture facile   ** Lecture intermédiaire   *** Lecture difficile